比海還深的地方

宋尚緯

宋尚緯，一九八九年生，東華大學華文文學所創作組碩士，創世紀詩社同仁，著有詩集《輪迴手札》、《共生》、《鎮痛》與《比海還深的地方》。

推薦序

心之棲地

陳曉唯

幾年前，一位長年受重度憂鬱症所苦的日本朋友住進醫院。

前往探病時，她說了一個故事：

「七歲那年，父母離異，我搬去與外婆同住，從那時候開始，每個夜晚，我都會做噩夢。

「夢裡面，我躲在舊家陰暗潮濕的廚房角落，聽見客廳裡父母的談話，他們合謀要殺掉我。我嚇得發冷冒汗，慌亂地從後門逃了出來。我在黑暗的小巷裡穿梭奔跑，聽見他們的腳步聲在我的身後追趕著我。我一路地跑，邊跑邊哭，不知道過了多久，我跑得筋疲力竭，最後，我跑出了小巷，赤腳站在黑夜的大街上，顫抖地轉過身，看見父母緩緩向我走來，步步進逼，我卻束手無策，只能絕望地大吼，接著我就從夢裡驚醒。

「我把夢告訴了外婆。她說從前從前，有一隻身體巨大得像熊，鼻子長得像大象，尾巴像牛，雙腿粗壯得像老虎的動物，如果做噩夢醒來，只要立刻說願意把噩夢給牠吃，下次若是做噩夢時，牠就會出現，將噩夢吃掉。當牠吃掉噩夢，人就不會再發噩夢了。

「牠是專吃夢的『貘』。

「小時候，每一次做噩夢時都是『貘』救了我。

「長大以後，當我愈來愈少做夢，也愈來愈難再見到牠時，我才發覺現實生活中的噩夢遠比夢中的噩夢來得多。

「我總在莫名的時刻，感覺悲傷襲來，將我徹底吞沒，而我卻無處可躲。我經常得努力地對所有人佯裝平靜，保持微笑，只因為這是現實生活。我時常想著，如果現實生活中也能夠有一隻『貘』，有牠吃掉我那些佯裝的平靜，矜持的微笑，吃掉生活中痛苦不堪的噩夢，我是否就能夠好一點？

「到了後來，我不再做夢了，也不再相信有『貘』的存在。我想會不會是因為現實生活中的噩夢太多，多得讓我不再相信夢，因為不再相信夢，我愈來愈依賴真實，相信眼見為憑。

「沒有了夢，『貘』當然不會再出現，而當牠不再出現，我漸漸覺得夢可能是唯一真實的地方，夢是能讓我真正感覺安全與平靜的處所。

「當痛苦的感覺無法停止，當我用刀劃開自己的手臂時，我也才明白年幼時的痛苦，原來都是在那些噩夢裡得到安慰的。

「『貘』吃掉了噩夢，把夢的安慰留給了我。

「我一直在想，吃掉我的噩夢之後，『貘』是會痛的嗎？如同我的痛苦一樣的痛？

「我知道我並不是唯一這樣的人，在這世界上一定有許多如同我這般的人。」

你是否曾站在熙來攘往的街頭，靜默地觀察眼前所經過的每個人？

聽過她的故事後，每一次走在人群裡都嘗試著去「看見」，看見那些過去未曾深刻注意的人事物，然而，無論多麼努力，世界上似乎仍有許多人事物是無法以肉眼輕易窺得的。

人無法輕易看見他者的傷痛，甚至多數時候，我們連自己的傷痛都未能清楚地感知與理解。

每日的生活之中，我們必然會遇見許多人，與各式各樣的人擦身而過。這些人之中，或許熟悉，或許陌生，而當中的每一個人都有一個屬於他們自己的故事，每一個故事裡必然有許多的喜樂與哀傷的情節曾發生過，正發生著與醞釀將要發生。

每一個人的每一分每一秒皆承受著一整個世界。

唯有體悟這件事情後，人才能深刻明白，「眼見為憑」是不夠的，亦是讓人失卻更多，更傷害自己與他人的方式。人似乎從未能完整且細膩地感受與明白他者的痛苦，即使是那些看似美好與幸福的人，他們也可能帶著很深很深的痛楚。

憂鬱症、躁鬱症、厭食症、暴食症、焦慮症、依賴症……還有許許多多難以言說的，隱藏在人心靈深處的疾病。因為無法以肉眼看見，於是經常為人所誤解與忽略，更因為無法言說，無法輕易與人傾訴，遂成了一種更巨大且隱晦的傷痛。這些疾病經常隱含著更為深遠的悲慟，那些憂傷得幾乎窒息的靈魂難以被他人撫慰，卻仍渴望為所愛之人擁抱。

即便不是疾病，每個人的內心裡必定都有著無法僅靠自己就能痊癒的傷痛。這樣的傷痛，在還未能遇見相互撫慰、療癒的另一個人之前，只能用自己的力量一點一點地照護著自我，避免肉體與心靈的傾倒覆滅，而在每一次自療自癒的過程中，勢必留下大小不一的傷痕，每個人皆懷抱著這些傷痕走在人生的路途上，盡可能地真摯生活且細心尋覓能看見彼此傷痕的人，看見並擁抱彼此，傾盡自我，相濡以沫，直至不得不到來的別離。

已故作家邱妙津在遺作《蒙馬特遺書》中有這麼一段：「我日日夜夜止不住地悲傷，不是為了世間的錯誤，不是為了身體的殘敗病痛，而是為了心靈的脆弱性及它所承受的傷害，我悲傷它承受了那麼多的傷害，我疼惜自己能給予別人，給予世界這麼多，卻沒辦法使自己活得好過一點。世界總是沒有錯的，錯的是心靈的脆弱性，我們不能免除世界的傷害，於是我們就要長期生著靈魂的病。」

在遇見能看見彼此傷痕的人之前，我們會否都需要一隻「貘」來幫我們吃掉心靈裡面的脆弱性？

尚緯的詩便如同「貘」。

這些年讀著尚緯的作品，從《輪迴手札》、《共生》到《鎮痛》，乃至於《小結》，他在文字裡真誠地坦露並剖析著自己，描述自己生命裡最堅硬的脆弱，最柔軟的剛強，他寫自身卑微無助的倉皇，寫他的憤恨不平，寫他的質疑問難，寫他的憐憫惻隱，寫他的徹骨痛楚。

他將每一份感受到的痛苦皆化為文字，在他的詩句裡，痛苦並非無用之物，當痛苦化為養分，營養人的生命，痛苦將不會再痛。

生命中沒有任何無用之物，痛苦亦然。

痛苦既是生命的入口，亦是生命的出口。

他的詩給了自己的痛楚一個出口，通往一片沃土，沃土由文字育成，而這片沃土亦是一個入口，給所有閱讀他的詩作之人一片棲息之地，予以歇息。

若有一份痛苦聳立於你的面前，現在的你無力攀越過去，倘若選擇橫衝直撞，將會帶來更多傷害時，請試著停下步伐，避免耗盡自己。

若你渴望一個懷抱，需要一方天地暫歇，請安然地於他的詩裡睡去，將你生命中最悽惶無助的噩夢交付於他的詩裡。明日的明日，當你醒來，當你不再害怕，當你的悲傷與你能和諧共處時，再邁步前行，前往你的永不之地，尋覓能療癒彼此傷痛的人。

比海還深的地方，在每一片走過傷痛，將從傷痕之中開花的心裡。

10

11

亥戌酉申未

蕭詒徽

最近的台灣社群媒體除了臉與身體，也是手寫的時代。自從「每天為你讀一首詩」、「晚安詩」等在一張圖片裡擷取詩的片段作為視覺之後，詩句或詩節常被單獨聚光，從一整首詩裡被讀者特別注視。同樣地，手寫主們為了讓相片中的字跡能清楚顯示，取景範圍也只能包含最多詩的十句左右。超過這個句數來經營的意象，以及單獨成句時不夠漂亮的句子，在IG或Dcard便鮮少看到手寫主「欽點」。

在《鎮痛》和本書的自序裡尚緯都提到，他困惑自己的詩是為了什麼而寫、能夠帶給讀者什麼。然而，無論社群閱讀習慣是否反向影響他的寫作，他的作品確實在社群中具有強大的召喚力。如〈先走的人〉：「沒有誰的氣候是晴朗的／我們都以為自己給的足夠多／足夠他人與我們一樣／卻總在雨天收傘令彼此都濕透／以為和對方一同經歷雨季／就是善意」又如〈睡吧，睡吧——給受傷的人。〉引句：「『如果受過傷才能夠溫柔，／我們為什麼要承擔這種溫柔？』」這些句子以不同顏色、不同字跡，甚至在各異紙材上於社群不斷再現。

想起張愛玲慨慨地說過「抄襲是最隆重的讚美。」如今人們寫字不再是手段而是目的，抄寫便也成了讚美。這波潮流裡，詩與讀者的關係不再只是安靜地埋入對方心中，還多了「一首詩如何成為一個讀者炫示品味的標誌」的性質。一首廣傳的詩，除了擊中「詩的讀者」，通常也擊中了「讀者的讀者」，這群讀者的讀者與詩更遠，也許不會博物館一樣地讀詩，社群上的詩專頁與手寫主們於是成了策展人，把更外圍的觀眾收攏在一個更為鬆弛、但也更為舒適的距離之中。

這個過程對作品的傳唱而言是一個神祕的力學平衡。一方面，作品要先符合策展者個人的美學，或至少是策展者能夠理解的美學；接下來，作品必須符合策展者自我經營的形象、或至少符合某個場域的氛圍。讀到一首詩覺得好，和願意讓別人知道你覺得這首詩好是兩回事，而後者的動機遠比前者複雜太多；最後還必須通過前述社群閱讀剝離擷取的習慣。能夠穿越這一切而在社群傳唱，證實了尚緯的詩帶給讀者的不僅只是內在經驗的召喚，也包含了更進一步、「願意標舉自己也共有這些經驗」的美學。

誰都有傷，尚緯的詩，讓受傷的人願意以他的詩代言自己的傷。展示傷口不能輕淡，那顯得無情，卻也不能卑微，那顯得自溺。詩的意念巧妙地在「我再也不怕了」的傲心與「我知道自己是做不到的」的自疑之間找到位置。

《比海還深的地方》裡第一輯的詩作，也承襲這樣的一貫特徵：以口語句構推動行進，組合單純的詞彙，不甚繁複的意象通常在一個詩節中內收束了結，並在幾個句子裡將蓄積的力道打出。如〈愛人〉一詩，以植物／泥濘、光／陰影、黑夜／亮處，分四節個別比擬記憶，皆可單獨拆解，到了最後一節則捨棄譬喻打出直拳：

我再也不怕了
不怕記得所有的過去
那些曾經的美好
都是現在的我

而第二輯，收錄從《輪迴手札》便出現的納入流行文化語言的諷刺詩作，這次篇幅大大增加，也許是尚緯對創作介入社會的回應。從〈我早已訂制好的中国制大脑〉以簡體字書寫的形式上反擊，到《共生》

中〈馬英九〉以政客名句加以拼接嘲諷，這次在〈然後他就死掉了〉不再只是連結句子，而是更進一步將對方的意志拉進自己的文化脈絡之中，對比其價值觀的荒謬：

然後他就死掉了
死得不能再死
我故意輸入超長的指令
/target____
/cast　復活術
/y「迷途的勇士啊
快點復活
像英勇的戰士般對我高喊
為你而戰！我的女士！」

《鎮痛》中〈寂寞文青經濟學〉站定姿態的嗆聲，到了〈幻想中的寫詩指南〉他已經將嘲諷融入句構，酸得更加游刃有餘：

說某些話時，要斷句
產生一種意義上猶疑的感覺

他不介意將通俗的語言納入詩中，於是得到了與讀者更近的距離。更確切地說，那不是一種語言策略，而是尚緯詩的美學正是自我場域的誠實展現，而那展現自然吸引了同類。

正如社群上許多不是尚緯、卻翻寫著尚緯的詩的他人，這些人，他們都願意自己是尚緯。

水在尚緯的詩裡經常以雨的姿態出現，以水流的姿態運動，以海的姿態儲存。液體出現時被賦予銳利的性質。如〈我們〉：「每滴雨水都是針／將我們的歷史刺穿／再將它們慢慢縫合」又如在〈然而水流過我〉：「雨落下來切開我，再將我縫合」雨作為傷口或災難，是疼痛，也是成長的過程，最後化成寂靜而巨大的記憶：「我知道再多的陽光／也不一定能照進／深邃的海底」、「後來再也沒有誰／會為我做些什麼了／他先走了但我還在海裡」。

但一切不只停在了悟，了悟之後還再質問自己是否已經了悟。《比海還深的地方》之中開始出現了比前三本詩集比例更高的「嗎」：「我會變得更好一點嗎？／像你說的那樣」、「我們感受到的／是一樣的哀傷，一樣的冷嗎」、「你還會回來嗎／還會在意自己所

題名「亥戌酉申未」為漫畫《火影忍者》中通靈之術的印。該術以自己的血為契，召喚超越自身力量的獸，但其本質是一種時空間忍術。

挖掘的／那些固有的寂寞嗎」、「我是溫柔的嗎／是蓬鬆的嗎／像飄浮的棉花嗎」、「你知道自己需要什麼嗎／例如我，你會需要我嗎」；而像是回應似的，詩集也出現了比前三本詩集更大量以「吧」與「了」收尾的釋然：「那就這樣吧／就這樣走吧」、「偶爾傷心，躲在遠遠的地方／但會回來的，會回來的」、「後來我不輕易地說愛了」、「漸漸忘記／上次傷心是什麼時候了」、「我已經住在海中一段時間了／在最深最遠的地方」。

質問看似對他人，實指向自己，疑問愈甚，我感受到作者對自我的執著愈甚；而安撫看似對自己，卻也關於他人，安撫愈甚，我感受到作者對他者的妥協與淡然愈甚。好了，沒關係了，無所謂了，這些情緒之中，我也隱然看到自己從成長轉為老去的、對自我的恐慌與諒解。那已不是本能反應。那是比憤怒和悲傷更遠的地方。

比海還深的地方。比起墜入，這更是一種渡。而這些質問的回應，在尚緯和讀者如告解者與被告解者的關係之中，也成為了一種對他人的安撫：我們都知道他不對自己溫柔，所以，當他對我們溫柔的時候，那些溫柔才顯得那麼溫柔。

人生就是最艱難的文學作品

自序

一、人類並沒有固定的形狀，我們是被教育成這樣的。

在這個社會裡，我們都會有一個固定的形狀讓他人迅速地了解自己，於是我們有了「標準答案」這種事物。人類在各種領域開始試圖固定作業流程，處理任何事物開始有固定的順序，也開始擅長替我們所見到的任何事物分類，例如男生應該喜歡什麼、女生應該喜歡什麼、年輕的人應該怎樣、老邁的人應該如何等等。所以我們對任何事物開始擁有刻板印象。

我偶爾會想，人其實是一種更柔軟的生物才對吧。我們，或者說每一個人應該都是沒有固定形狀的才對，所以才能夠隨著世界變化而變化，才能「成為」什麼。我無意去評斷現行體制的優劣，畢竟從另外一個角度來看，標準答案的存在的確是有其必要的。但我總是會想，所謂的標準答案這件事只是在應付學科而已。畢竟所謂的人生，從來就沒有什麼解答是絕對正確的。

有的時候看到某些人毫不猶豫地指責他人的時候，我總會想，那些人怎麼會有自信說自己所說的一切都是對的？有的時候我看見某些人說另一些人的傷心純粹是因為自己的選擇的時候，我會有一種整個世界都太荒謬了的感覺。在自費出了《共生》之後到現在的這段時間，我看到更多悲傷的故事，有些時候，那些毀滅根本是無法避免的，並不是某些人輕巧的一句「其實都是你自己選擇的」就可以帶過的事情。那種巨大的黑暗將你拉著，緩慢地拖進他們的世界裡，你做了許多努力，但你終究是在黑暗的泥濘中掙扎，最後你會被拉下去，爬不出來。你的身邊沒有人願意拉著你，離開這片黑暗，偶爾有人拉著你，你卻覺得那是黑暗給予你的一種幻覺，於是你將他一起擁入黑暗的懷裡。

許多時候我覺得能夠說出「是你不夠努力」這種話的人，是十分幸福的。我倒也不會有希望他也承受這種無助的痛苦看看的想法，只是暗自提醒自己，千萬不要變成這種人。即使有的時候我會覺得，當一個只接受標準答案的人，的確是輕鬆多了。

二、人類是非常脆弱的生物，一句話就足以摧毀彼此。

我們可能會因為一句話就被擊倒，也有可能會因為一句話就被拯救。我開始有意識地去觀察他人的狀態之後，發現許多人每天都活在崩潰的邊緣，像是脆弱的沙堡，只要輕輕一碰它就會自己承受不了自己的重量而塌陷。我聽了很多人和我說自己的故事，基本上每個故事都沒有理想的結局，更多的是朝著更低谷的地方前進。有的時候我很糾結，對我來說，其實我並沒有幫到他們什麼，只是聽他們說，偶爾回他們一句嗯，或者是唉，又或者是拍拍你，除此之外我不知道我能說些什麼，彷彿說什麼都不對。

後來有幾個人生活逐漸恢復正軌，他們傳訊息來跟我道謝。我說，不用謝謝我啊，我覺得自己什麼都沒有幫到。他們回我，雖然我覺得自己什麼都沒有做，但對他們來說，那種狀況下，他們知道我在聽著，而且我表達理解，他們就覺得自己好了一些。「雖然你覺得自己什麼都沒做，但你願意相信我，聽我說這些事情，對我來說就是最大的拯救了。」朋友這樣和我說。我後來才反應過來，對他們來說，每一句回應都是接住他們一次。

有的時候我會恍惚，覺得拯救他們是如此簡單，但反過來一想，要毀滅他們也是如此容易。後來我一直告訴自己，人類真的是非常脆弱的生物，我們說的每一句話，每一句尖銳的話都有可能毀了一個人，所以有些人說了某些傷人的話，我會憤怒，因為我確實知道有些人的內心會被那些言語所摧毀。

三、從《輪迴手札》、《共生》，到《鎮痛》甚至到現在，對我來說最大的改變就是我已經不再像以前一樣那麼需要詩了。這一年來從研究所畢業，開始工作，時間被切割的非常瑣碎，不再像還在讀書時那樣大量接觸文學，或者文藝相關的資訊。這一年也到了一些地方和各地的同學們分享自己的心路歷程，到現在偶爾會像大學時所想的那樣想著，所以我所書寫的這些作品，有帶給其他人一些什麼嗎？

在《鎮痛》出版後，陸陸續續有一些讀者私訊我告訴我他們的故事，也有人和我分享讀完詩的感受。我覺得我很難去描述我聽完後的感覺。每一次我都覺得自己被一些什麼所充滿了，有別於難受，但也不像是感動，如果真要說那是什麼樣的感覺，大概就是感謝吧。我從未想過自己能夠這樣透過書寫、透過文字去幫助他人（但這也有可能是一種錯覺），感謝大家告訴我自己的感受，我還是要再說一次，每一個和我說覺得自己被我接住的人，我同時也被你們所接住了。

我寫的每一個字，都是我對這個世界的疑問，我每一個問句都是真切的問句，我不懂人與人之間的傷害、分別，甚至是那些撕裂或者毀滅，我不懂那些傷心，我沒有辦法理解，所以我將他們都寫成詩。每一次去分享時，我都會說我覺得自己現在還在寫作，並且有點成績，是我的運氣。我最開始寫詩是為了「藏」，藏起自己真實的意圖，也許哪一天我再也寫不出詩了，也許哪一天我再也不需要「藏」了，又或者可能是我放棄再對這個世界發問了，也許哪一天我不寫了，那也是我人生走到某一個節點了。

我其實並不那麼在意所謂文學的被閱讀。有些人很在意這件事，會用一些責備的口吻說現在的人都不讀書，又或是有些人會覺得某些經典沒有被讀到是很不可思議的事情，我到現在還是不知道該對這件事情做何評價，也不是想批評他們，就是覺得所有我們覺得在意的事情，並不是所有人都應該在意的。我其實從小最討厭聽到的就是哪些作品是「必讀」的(包括我自己的作品)，因為我無論從人生的哪個角度來看，都沒有任何作品是「非讀不可」的。

我不覺得文字，或者說文學會就此死去，因為喜歡文字的人還是有這麼多這麼多，不要將自己的價值觀理所當然地套在他人身上，沒有任何作品重要到不讀就會死。我希望所有文字都是被真實地喜愛著的，無關利益，也無關於對你有沒有用。

我相信有許多人的人生，即使不讀文字也不會有任何影響，但文字提供了另外一種可能，文學給了許多人另外一種看世界的方法，比起被「非讀不可」所綁架，我更希望人是因為愛才接觸文字。沒有什麼文學是必讀的，人生就是最艱難的文學作品。

24

25

·輯貳

輯壹

親近

二〇一五年　八月三十日

「親近生慢侮」
你這麼說
於是你以為世間
無一可信之人

曾以為自己
是熾熱的火焰
是火中的柴禾
是無根之木
是無源之水
還以為是你

但你是我嗎
你曾照著鏡子
害怕貼近自己
恐懼被生活磨平

像見到清澈的月
卻發現只是
虛妄的倒影嗎

以為日子就這樣了
沒有起伏
像平緩的尾音
像光線照入水中
像我住在黑暗裡
卻偶爾看見你

那就這樣吧
就這樣走吧
什麼都不說的走吧
偶爾看見你就足夠
偶爾讓我相信
還是有人愛我
而我也還能愛人

過去

二〇一五年　十月十九日

「他們帶我們來這裡，不是為了改變過去。」

——《星際效應》

有一天你會想起
曾有個人在你的心上
你帶著他生活
帶著他進入夢境
你記得自己和他說話
記得每一個細節
你知道有關他的記憶
都被你擦得發亮
你是他的樂器
你的一切都隨他起伏

你知道群山剛走過你
而你剛走過海最深的地方
「有的時候，」你說
「我希望被海溫柔地觸碰
那些海水是那麼多吻
堅定卻又柔軟地在我身上」
我知道你在海底
我知道你一直都在海底

我以為自己成為海
透過學習成為了黑潮
跟著同樣的顏色走
以為自己是美的
是善的，如同那些
沉默的大多數靜謐如深黑的夜
你是黑暗之心，你是
我在黑暗之心裡
試圖成為你的海域

我知道你的一切
我全部都知道
包括你因寂寞所犯下的錯
你褪下所有衣物
以為這樣就脫下了痛苦
你在夜色裡緩緩入睡
以為我是你靜謐的夜
你流淚，以為流乾了淚
就不會再繼續傷悲
你回到夢裡，夢到過去
然而你還是你，我還是我
沒有什麼因此而改變

來信

二〇一五年　十一月十二日

——「提筆寫下這封信前
我不安地想向你詢問
這些傷心的日常，當真有
荊棘被收束的一日嗎」．Z

我想是有的，關於你
和我不斷提起的荒蕪們
總在黃昏與黑夜的交界處碰撞
我想這些事物是這樣的
愛與死亡同時陳列在
我們已經習於失溫的世界
每碰觸到邊界一次
我們就因此而疼痛一次

最後你不得不承認
自己是承繼著失敗而活的
生活被切割成無數的碎片
你知道傷心是不好的
但你無法不傷心，像一隻鹿
奔跑在林間踏中了銳利的殘枝
你知道不遠的遠方
不僅有戰亂，也有死亡

你以為自己是冰冷的
以為自己並不了解語言
因為你無法描述自己，無法
透過文字替自己上鎖
像一個無法加密的檔案
任人更改、任人修正
甚至任人奪取你的善良
死亡離你遙遠，但你就是死亡

我記得我們曾走過海岸
碎石在我們的腳邊
竟也像一則銳利的隱喻
你望向遠方的浪，以為自己
就要被浪捲走，和生活一樣
死亡是件這麼痛苦的事嗎
你突然驚醒，才恍然
有時活著竟也與死等同

我總不知該如何向你解釋
像是棵枝葉繁茂的樹
每一片葉子似乎都是正確的
又似乎都是錯誤的
我要你是快樂的
但傷心也是沒有關係的
我知道你總為此傷心
世界只要你快樂的樣子
然而沒有誰永遠都是快樂的

我一直在岸邊看著海浪來去
以為你就是洋流
偶爾無法透進光線
偶爾帶著魚群逡巡
偶爾傷心，躲在遠遠的地方
但會回來的，會回來的

鋭利

二〇一五年　十一月十二日

「所以你也曾鋭利嗎？」
「當然，就像走過我們的時間一般。」

你問我是否也曾鋭利
我回答地理所當然
像是這個事實不曾存在
令它直直地穿透我
我像是個輕盈的靈魂
卻又重得像是生活傾倒在我身上一般

但我只是讓自己更冰冷
像是曾聽過的謊言
那麼真實，卻又那麼荒謬

我只是讓自己更殘忍
像是曾受過的傷害
我知道痛苦總是比快樂難忘

我只是讓自己更堅硬
像是曾經歷的故事
知道喜劇比悲劇還要艱難

我只是成為自己
像其他忠於自己的人
讓時間在身上留下痕跡

我只是記得你
記得你曾像我一般銳利
刺傷別人也令自己生鏽

我只是記得你的吻
絕望、堅硬，又冰冷像是
生活從未向你兌現諾言

你問我是否也曾銳利
我輕輕地攤平自己
要你用力地將我劃開
仔細地將我湊齊

那是同樣的海嗎

二〇一五年　十二月四日

「I"s同時有愛與哀的意思。」
——桂正和

好像一切本來就該如此
像夜靜謐地輕撫海浪
我在岸邊不斷後退，不斷
退到浪打不到我的地方
彷彿只有這樣，我才能夠
將自己的哀傷放在岸邊
任其被黑潮刷洗，任時間
檢視許諾過的誓言

好像一切都走到了盡頭
包括快樂與傷心
會有平復的一日嗎
我以為自己是一顆
隨處可見的石子，他們說
一切都能被省略
像是誰將我撿起又擲出
那些傷害與誰的故事
最後都只會剩下
被我濺起的那一點水花

我想像有一片浪，在我面前
捲起南方的雪——我是說
你那些悲傷的心事
他們像雪花一般飛散，飄落
覆蓋在你的生命裡
好像一切本來就該如此

感覺自己離你好遠好遠
卻同樣也有一片雪
在今夜降在我的面前
和那些哀傷的故事
一起冰冷地葬在我的海中

那是同樣的海嗎
我們感受到的
是一樣的哀傷，一樣的冷嗎
我和你在同一個岸嗎
我不斷地退，退到無路可退
用你的哀傷刷洗我的哀傷
好像一切本來就該如此
像海靜靜地將彼此掩埋

散亂

二〇一五年　十二月十三日

冬日的午後
我們在同一間屋子裡
陽光透過窗照亮我們
彼此沉默的隱喻
你知道當這些黯淡的星星
被點亮後便被彼此承擔

我知道有些什麼
再不說就再也來不及了
我知道那些或許是陰天
經過你時留下的暗處
知道那些是你
沉默時留下的語言
但再不說就再也來不及了

一切都只是我的揣測
像是冷或熱，或傷心與快樂
以為夜是巨大的哀傷
捶打那些幽微的影子
我知道像你（或者像我
那些冰冷的情緒
被切割成細碎的片段）
你是黑夜中
眾多故事裡的一座森林

而我們是林中的孢子
多麼地自以為是，多麼任意地
替他人分派該處的位置
我們擁有多麼冷酷的學說
分別放在湖水與草原邊
假裝自己逐水草而居
並以為自己隨著陽光遷徙

我知道在冬日的午後
斜陽照在我們身上時
那些殘忍都是被允許的
我知道當我們在同一間屋子裡
只剩下沉默作為溝通的語言時
最後一直都只有我自己
將彼此的謊言仔細地折疊
慢慢收拾這散亂的一切

愛人

二〇一五年　十二月二十一日

——給近來一切

你在我心上種了些花草
走的時候也一併帶走
你留下一片泥濘
要我自己慢慢長回一片草原

你來的時候帶著光來
走的時候留下陰影
你讓我是完整的我
走的時候自然留下缺口

你曾經留下黑暗
我將它變成黑夜
也許那些痛是因為
我總在暗處看著亮處

我握緊你留下的一切
那些星星用力綻放
並一一地穿過我
令我幽微地閃爍

我再也不怕了
不怕記得所有的過去
那些曾經的美好
都是現在的我

自卑感

二〇一五年 十二月二十七日

不要碰我
要是再被你碰到
我就要碎了吧
你要是再多說一些什麼
我會成為雲吧
我會成為火焰
將自己燒得再也
沒有剩餘的部分了吧
我無話可說
你說的都是對的

像透過厚重的迷霧
穿過繁複的森林
要是你說的
都像風從我身旁拂過就好了
那些語言都像雨
被我身邊的烈日曬乾就好了
我什麼都不想知道
只想住進水裡
雨落在我身上也不會感覺到了
不要再碰我了
我知道自己
會成為負傷的獸
將那些傷變成刃口
向你刺去

即使一切都燒盡

二〇一五年　十二月三十日

——寫那些在Minecraft裡的日子

你還會回來嗎
還會在意自己所挖掘的
那些固有的寂寞嗎
我總想問你
已離這很遠了吧
在離這足夠遠的地方
有自己的聚落了吧

我知道傷心與孤獨
都作為標本被你挖了出來
一塊又一塊的
堆疊起來成為緘默的樣本
如果你還在的話
會知道你留下的海
都變成我痛苦的鹽了吧

你挖出了煤炭與礦石
放進火裡，彷彿這樣
就能提煉自己的哀傷
成為冶煉的器具
鍛造出適合的鐵器
擦出足夠的火花

想像自己使用紅石
製造了一些模擬的機關
收割大塊大塊的麥田
彷彿收割自己的寂寞
沖洗那些陳舊的鏽斑

我彷彿知道自己
是孤單的正如你也同樣是
一個人在收割這片
金黃色的寂寞一般

我總想問你，你在遠方
也是寂寞的嗎
也看著同樣的太陽與月亮嗎
你知道自己在遠方嗎
一切你都知道的嗎
若你都知道，你還會回來嗎

即使我們的寂寞堆積成山
即使我們將它燃起
你也還會回來
和我們住在一起
一起殺死會自爆的苦力怕
一起保護我們建立起的
這個荒蕪的世界嗎

我知道沒有什麼是我知道的

二〇一六年　一月十二日

「一定有人會因為遇見你而解脫。」
——《佛陀2》，手塚治虫

我知道
我不知道的太多了
譬如你的傷心
譬如我的快樂
我知道
知道火會燃燒
知道水會湧沸

知道傷心會突如其來
知道愛會突然死去
我知道的這些
我都不知道

我以為痛苦
是許下某種誓言
像刻在樹上的
那些虛無的指涉
以為快樂
也是許下某種誓言
像在樹上刻下
某種指涉我們以為
那是真實的
我們真正相信
經歷過的一切都會成為星辰
為我們指路

我痛苦。
我執著。
我無法繼續。
我知道我。知道
自己正在撒謊
我最喜歡接受治療，最喜歡吃
藥能舒緩我能令我感到
一切都是好的，是令我痊癒的
我最喜歡吃藥了。我一定會
成為一個更好更好更好的人。
一切痛苦都是我
都是讓我更好的階梯

我知道
沒有什麼是我知道的。

是我說的不夠清楚

二〇一六年 一月十九日

是我說的不夠清楚
你殺死我吧
我將信任給你
也將刀子給你
將命名的權力給你
將填滿的自己給你
將掏空我的能力
也一併給你

我是溫柔的嗎
是蓬鬆的嗎
像飄浮的棉花嗎
我害怕受傷嗎，害怕
幸福的結束於是
乾脆不要開始嗎
我有告訴你這一切嗎
我穿上荊棘，刺傷你了嗎

是我說的不夠清楚吧
是因為我漂浮如菌類
所以看起來像是陰沉的青苔吧
是因為你只愛你自己吧
是因為我只愛我自己吧
一切都是像我
所想像的那樣既痛苦
又沒有結果吧

我不知道自己
該說些什麼才會足夠清楚
說些什麼你才會越過
那些荊棘觸摸到真實的我
我該說些什麼
你才會發現我只是顆氣球
鼓起氣來飄浮著
要你握著才不會飛遠

該說些什麼才足夠清楚
喜歡的時候說喜歡
想念的時候說想念
這樣就夠了嗎
人類的語言真的就這麼貧瘠嗎

我想我只是一顆氣球
被你握著的時候有了重心
你放手的時候
我就飄遠

沉默

二〇一六年　二月六日

「正因我愛你，所以我才會這麼痛苦。」

我在你面前做著自己的事
像是讀書、寫字
或者凝視著你
將你在我心中拼湊起來
像是拼圖——
我們是如何將彼此
細碎的命運化為線索
仔細地替彼此擦拭
生命中的髒污
又或者其實一切只是幻覺
和我們所談論的未來一般
是場巨大的海市蜃樓

我將你送我的音樂點燃
旋律有海的味道
將你送我的草原也點燃
草的腥味就在我的宇宙
突然地炸裂，像是我所有的
寂寞。與你
所有的寂寞
及時地被彼此握住
像是兩隻幼獸
被拴在剛好無法觸及彼此之處

你丟出了許多問句
我沒有一句可以回答
我一直獨自生活
認真地過著沒有你的生活
我工作、讀書、寫字
做得越多就越沉默
只要活著就必須保持緘默
這是一種禮儀
而沉默久了我就死去

説痛苦沒那麼嚴重
説恨也談不上
只是大多時候我都看不見
規劃好的未來但也
就這樣得過且過地過了下去

然而一切——
如果一切都能沉到水底就好了
如果語言是一陣風就好了
如果説出的話
能確實地傳達給對方就好了
如果我是一陣暴雨就好了
如果你不是我的世界就好了
如果你不在我的心裡就好了
如果我不將你刻在心上就好了

如果我不將你刻得那麼用力
也不用親手將自己抹平

號角

二〇一六年　二月十九日

「這個風穴，是被這個地獄般的世界所挖空的！」
——《火影忍者》．宇智波帶人

我想就這樣繼續
安靜地製造噪音
想悄悄地沉下去
沉到最深最底的
我沉默的故事
盜採生命中的養分
我將自己挖空
成為他物的容器

我是萬物的竊賊
我在空洞的自己裡
放了一些土
灑了一些種子

澆灌一些遠方的雨水
我聽戰爭的聲音冒芽
感受越多的痛苦
枝枒就竄得越遠
我是戰爭
我是你留下的謊

你告訴我沒有誰是完美的
那是神的故事
我們信仰的一向是暴力
你告訴我連我們之間
都存在著拉鋸
像是沉默，像是
賦予彼此傷害彼此的權力
我們必須是殘酷的
我們必須像野獸一般
粗暴地愛著彼此
愛才是這世界上最可怕的能力
雨水是生命
潰堤的雨水則是死亡

你說每遇見一次死亡
就能看見更多的鬼
你說要留下
想看更多的痛苦
想看更多的苦難
你說要走
要帶著我的故事一起走
你說任何事物
都會被時間切割開來
你說所有痛苦
都是生命一點一點
挖開快樂的核
換上沉重的故事
最後我們被貫穿
成為悲傷的祭品

風穿過我
發出號角的聲響
像是戰嚎
哀鳴不絕

器物

二〇一六年　三月二十一日

「我們的愛若是錯誤，願你我沒有白白受苦。」
——〈領悟〉，李宗盛

你有多美麗的一顆心
全都落在惡水之中
而我有的只有雨水
甚至希望自己就是雨水
平等地落在每個人的身上

我有充足的陽光
去照射每一個陰影嗎
我是說所有人都是陰影
所有人都是雨水
並將他人當作一只失溫的容器
當作純粹的器物在使用

我假設我是一只純色的靜物
我是說在座的人
每一個都是斷翅的雀鳥
吱喳著將我當作一只
掉色的死物，在那躺著
就在那躺著，僅僅躺著
沒有誰靠近，也沒有誰遠離

我突然發現，彼此之間
竟是如此相似，同樣在等待
被落下的雨水擊中
或許我們的愛一直都是各分一半
誰也無法為誰分類
我們為了愛盛滿雨水
也打破所有靜默的器物

我們説愛，然而愛
是最荒涼且孤寂的一場雨

不知

二〇一六年　三月三十一日

「驅逐瘋人，使瘋人漂泊的社會行動，代表的意義是一種嚴格的社會區分與絕對的過渡和淨化的儀式。」
——《瘋癲與文明》，傅柯（1926·10~1984·6）

他知道自己需要什麼
例如：給予自己預言
並死在預言之中
隔天太陽升起時
他會復活，溫柔地
和身邊的誰說聲早安

我不知道自己需要什麼
也許需要一些藥
或者需要更多的痛苦
我知道自己是冰冷的
知道自己正離快樂
越來越遠，像失聯的宇宙
彼此之間正在遠離

所以我們還能說些什麼嗎
像從前一樣
即使我們從未說過話
我們還能像過去一般
說一些沒有目的的話嗎
我們能夠只說自己的話
不為他人而說嗎
我們能夠說些
不割裂彼此的語言與假設嗎

你知道自己需要什麼嗎
例如我，你會需要我嗎
你需要被撫摸嗎
像我一樣成天坐在陰影之下
撫摸自己哀傷的山脈
所有稜線都被定義成病
你會因此而推開我嗎
像我推開自己一般地推開我

我已經住在海中一段時間了
在最深最遠的地方
我看見你，你驅逐了一切
連黑暗都被你驅逐
你知道連黑暗都離你而去
你自己成為了黑暗
你什麼都無法知道

告訴我

二〇一六年　四月二日

「世界上充滿了會傷害你的人和話語，只要你還活著，別每一次都被這些事情打敗了。」

——《青春機關槍》

我不知道該說些什麼
難過的時候說難過
寂寞的時候說寂寞
這樣就夠了嗎
說了我就會變得更堅強嗎
說了我就能更快樂一些嗎

我能不能說自己
像在陰翳的森林裡
被生活的陰影籠罩起來
能不能和你說
你的聲音從遠方傳來
將我包覆起來
我像是漂浮著
沒有任何語言可以形容
像是失重
但我知道你正抓緊我

我在生活中充滿疑惑
說出來的都是問句
每句話都是漂浮的氣泡
希望被誰接住
像你一樣，每句話都是試探
像閉眼朝前方走去
每一步都需要勇氣
和你說的每句話都是問句
只是希望你回答我時
能夠和我握住你時一樣堅定

而這一切都是被允許的嗎
想問問你這些是可以的嗎
我知道一切都是可以的
但如果你在，告訴我好嗎
如果你傷心，告訴我好嗎
如果你覺得自己像在陰暗的森林
告訴我好嗎，告訴我
如果你像是一個人迷路
感覺自己痛苦、無助
像是走失的孩子，那告訴我
你覺得自己寂寞嗎
如果一切我都告訴你了
那你會和我說嗎，說你
仍留在黑暗中，像我
將自己攤平在你的面前
承認我所有的不堪

後來

二〇一六年　四月四日

「原來自己那麼醜陋」
——〈醜〉，草東沒有派對

後來我知道沉默是危險了
只是我們都深愛危險
後來我比以前更瞭解自己
瞭解我永遠無法瞭解自己
後來我知道了更多
更多的氣候會成為詭辯
彷彿無法再次放晴一般
無法繼續期待陽光

後來我再也無法
輕易地被誰感動
像是自己再也沒有重量
後來我知道了
幽默是好的，那些快樂
當然是好的。只是
我也不再輕易地快樂了
對我而言，輕易的
彷彿只剩下成為無趣的人

後來我知道了，關於
那些沉默的音樂
也許都是因為太傷心了
也知道自己是多麼
醜陋的存在了

畢竟是人類啊我這麼安慰自己
畢竟我們都打開了謊言的大門
將誠實的自己關起來

後來我知道了
誠實地面對一切
是危險的，也是困難的
後來我知道了
任何事物失去重心
都會離虛無更靠近一點
不再容易被誰拉近
我後來都知道了
但這都是後來的事了

明天

二〇一六年　四月二十四日

如果我們還有明天
買一本書，兩人一起看
看裡面有沒有提到
更多關於彼此的什麼
像是雨水落下
又急又快打進我的缺口
聲響錯落，而你
你還在想有沒有明天

如果我們還有明天
一起看部電影，一起看
有關末日的，像是
下一秒我們就會失去彼此
我們是熾熱的嗎
是彼此緊擁像下一秒
對方就會消失
像火焰將我們焚毀
而風吹熄了火焰也
吹散了彼此像沒有明天

如果我們還有明天
我們一起出去逛街嗎
牽著手，甩來甩去的
讓彼此承擔彼此的開心
想問你一切都好嗎
我一切都好，只是記憶
停留在某些時刻
昨日留下的吻
或者彼此
留下的一些記號
看起來像單純的瘀血
問自己究竟還有沒有明天

如果我們還有明天
做最盛大的一場夢
握緊彼此的手
躺在床上虛耗一天
或者親吻，或者做愛
或者刻下一些字句
向未來留下一些遺言
或者知道一切都像風
我們是水，被容器塑造
自己的形象像最後
埋下我們的土壤
我們還有明天嗎，我們
還能夠看到彼此
輕輕地笑著像什麼都沒發生嗎

晝夜

二〇一六年　四月二十五日

後來他告訴我
沉默是我們的海
——我們會死在海裡
我知道這是遲早的
或像擱淺的鯨魚
唱寂寞的歌

後來我再也沒見過
像他那麼溫柔的人了
陽光灑在他身上時
我像是植物擁有向光性
一切都模糊起來
才想起我們還在海裡
我們還在海裡

他唱起歌
聲音像是黑夜溫柔地抱住我
我像是失重的星球
他是我的太陽
我的星系繞著他旋轉
但我們終究是不同的動物
連觸摸彼此都小心翼翼
像探索彼此未知的宇宙

後來再也沒有誰
會為我做些什麼了
他先走了但我還在海裡
我打開屋裡的燈
但最後我又關了
假裝自己還在夜裡
我一下子失去了太陽
也失去了黑夜

雨聲

二〇一六年　四月二十五日

雨又下了
但我已經不想知道了
現實太銳利了
輕輕地劃過我們
就再也沒有我們了

我撈起時間
靜靜地等它乾
我一直在重複同樣的事情

例如：寫信。我寫了好多信
慢慢地寫　仔細地
像是要寫出誰的人生

月光爬上我的身體，太陽
靜靜地燒著秘密
我知道下雨了　雨聲穿過我
時間也穿過我
我彷彿變成雨也變成時間

我一直在忘記
記得的事情
越來越少　和我寫的信一樣
我很認真在寫
最後卻一片空白
什麼都寫不出來
也說不出口

雨充滿我的身體
時間醃漬我
睡眠侵佔我的人生
我不曾真正活過

宇宙的溫度

二〇一六年　四月二十六日

他曾說每一個宇宙
都有一顆最耐看的星星
他說我告訴你喔
我要帶你去看盡一切
漂亮的風景
及這世界上
所有柔軟的事物

他說時間是最殘忍的
有他殘忍嗎，我想
我已經知道
沒有什麼是絕對的
過去的海誓山盟
過去的你
還有過去的我
現在都已經是廢棄物了

我們一直排斥彼此
像是一靠近就是戰爭
愛是最殘酷的事物
我在裡面學會許多
例如傷心
痛苦的構成
以及如何給人致命一擊

我們都在痛苦中
學會如何帶給他人痛苦
他教我如何殺死我
我學會如何殺死他
我們是如此好學
如此記憶深刻
我甚至記得他手掌上
粗糙的掌紋與
眼淚被風帶走時冰冷的溫度

我也記得當初
擁抱後我們才驚覺
兩個宇宙之間究竟有多冰冷

劇本

二〇一六年　四月二十八日

現在我知道這一切
都是你虛構的現實了
我知道這一切
只是你漫長的人生中
渺小的插曲
這其中也包括我

我以為這一切
會一直這麼下去
像這場雨彷彿沒有下完的時候
看見雨珠擊打在窗上
像是浩瀚的宇宙
在我眼前爆炸
我瞬間被擊打被貫穿被消解
被融化被同化成為你
龐巨的宇宙中
最渺小的一滴雨水

那時你像是在期待什麼
像是不受控的現實
或是我們
彼此間不再受引力影響的時候
彷彿被歸類為
原始的礦物不斷擊打
金屬的聲響變成音樂
——這是多麼迷人的夜晚
你這麼說，手指輕輕
滑過我鬆懈的弦
讓我發出你偏好的音階

我已經知道
這一切都是你虛構的
這些快樂，這些痛苦
這些你為了自己而說的謊言
你為我寫了劇本
我也為你演了一齣
只是我不知道我是演員
你知道自己是導演
我不知道自己是真的傷心
你則以為自己
給了我所有的慈悲

請你愛我，好好愛我

二〇一六年　五月二日

突然地恨自己
沒有任何東西可以給你
外面的雨下著
我能將整個世界的雨水
都給你嗎，都給你
像是將自己打碎
就不用再執著自己
究竟是不是完整的

你有一萬種殺死我的方法
例如沉默，或者
將我的謊言全部識破
故意漏接我的訊息
或者已讀我心裡尚未說出的秘密
再一一將它放在一旁
被時間充滿，被寂靜覆蓋
所有傷心如雪般堆積
成為痛苦的醃漬物

我要如何才能夠確知
自己是擁有愛的
我將門窗關緊，所有縫隙
貼滿膠條，讓自己窒息
或者阻止晨光的照射
我已經快要成為枯萎的化石
即使知道自己愛你
也無法保證自己的安全
怕自己太過用力就毀了自己

我有一萬種愛你的原因
但我沉默，不開口
所有踟躕語言的目的
都是為了要你留下，給我擁抱
所有荒謬謊言的目的
都是為了要你在這，繼續愛我
而你是愛我的嗎
我久久不敢言語，不敢或問
不敢拂去身上的塵埃
我久久不敢動彈，不敢看你
然而萬物像是靜止如神
輕輕地握住整個宇宙
我不敢直言，但如果你
仍在讀著我的秘密
請你愛我，好好愛我

晤談

二〇一六年　五月七日

「和知道真相的痛苦比起來，
我更不喜歡被騙的感覺而已。」

「先生，您有在聽嗎？」
「有的。」
「我想詢問您的意見。」
「關於痛苦？」
「是的，關於生活。」
「用莊嚴的聲音來說這件事吧。」
「和下午茶時閒聊的氣氛不同？」
「他們認為這才會是事實。」

「是的，我的意思是，所有宇宙
都是和諧的。例如萬物的碰撞
像是死亡，或者生命。
這些虛詞真的有意義嗎？」

「它們沒有意義嗎？」

「有嗎？」

「當然有，像是信仰——」

「先生？」

「一切像是溪流，匯聚成河
我們知道自己在沙中
那沙外呢，我們可以談論
自己看不見的事物嗎？」

「我不明白。」

「我也不明白。」

「那痛苦？」

「這杯水有形狀嗎？」

「我能說它沒有嗎？」

「它的形狀是容器賦予的。」

「痛苦也需要容器嗎？」

「所有虛詞都需要。」

「那生活——」

「無所謂意義。」

「沒有方向是危險的。」

「看你的目的地在哪。」

「有些人需要方向。」

「方向是虛構的。」

「總要有目的地？」

「你是他人所捏造的人偶嗎？」

「不是。」

「這是一片荒蕪的田野
向前走去，只有向前走去
眼前的景色才會改變。」

「如果你知道這一切
終將化為虛無，你還會
努力地愛著像是還有明天嗎？」

「我知道。我知道一切
終將化為虛無。
我努力地愛著就是知道
也許再也沒有明天。」
「謝謝您，先生。」
「也謝謝你。」
「再見了。」
「再見了，再見
我知道也許有時候再見
就是永別了。」
「是的，再見。」
「好的，再見。」

人是多麼地冰冷

二〇一六年　五月十日

這麼冰冷
然而我伸出手
沒有任何擁抱
是這麼地
這麼地冷
我們做愛的時候
他死掉了
死得毫無聲息
像是痛苦
都從我們的性器中散逸

每個人轉頭
擁抱身邊的人
但仍只感到冷
摩擦彼此
每一吋肌膚
都熟悉彼此的角度
你的撫摸
我的手覆蓋你
神秘的山谷
傳來低沉的回聲
我們不知道冷
對，我們不知道冷
但的確是這麼冷
的確是這麼冷
你握住我
像是整個宇宙朝我靠攏

我們穿過彼此
像是整個星系
只剩下一片空白
剩下本能，對
只剩下本能
我們交配，撕咬
對方，我們愛
愛得太深甚至是恨
甚至只有恨
愛著或者恨著
都只有冰冷
我們喝著彼此的血
血是多麼地熾熱
人是多麼地冰冷

我們

二〇一六年　五月十二日

有些詞本來就哀傷
例如愛，例如我們
我們——你能夠理解嗎
非得要兩人以上
做一些相同的事，例如
做愛，或者讀些艱難的字
看些相似的故事
寫些令彼此
瞬間感到窒息的句子

我不會再問你了，像是
你的近況，你那邊
天氣好嗎，下著雨嗎
你仍被現實綁架嗎，或是
你還恐懼著嗎，你還
處在風暴的中央惶惶不安嗎
我知道有些事光存在
就令人感到傷心
只是沒想到連這些傷心
都是我們一起造成的

我不知道你，但我這的雨
一直不停，一直打中我的窗
每滴雨水都是針
將我們的歷史刺穿
再將它們慢慢縫合

你還在原地嗎
像我曾一直等你一般
總有人要先走
有時候是在生活中死去
有時候則是夢境裡燃起
最難熄滅的一把火

有些詞一直是哀傷的
我知道，例如你和我說過的
我們。所有事情都在
我們不再是我們後變得痛苦
我讀了艱難的字
看了相似的故事
說了令自己窒息的謊
所有的謊都是自願的
毀壞與飄零也是
你和我同樣也是

死結

二〇一六年　五月十七日

「這個壽司根本是你的人生寫照，半途而廢、虎頭蛇尾，而且沒有人愛你。」

——〈如何製作壽司〉

記得你說的每一句話
好好吃飯，好好睡
任何事情太多或太少
都是危險的，例如：愛
或者夢，太重的夢
會將我們帶到不存在的歷史

所有過重的都是謊言
重要的都是藉口
我記得你牽起我的手，大步
走向前，即使前面充滿
未知的故事，虛構的未來
然而重要的永遠是
學會如何節制地死去

我在生活中跌倒
沒有人扶起我
我在生命中受傷
沒有人在裡面埋一點糖
為我將傷口縫起
你和我說人生總是不值得的
現在我一個人活著
慢慢了解你，也了解自己
為什麼而活都挺不值得的

你要我學習一個人走
要我知道何時雨會落下
懂得花何時開，懂得我們
終究是兩個不同的花蕊
點起不同的火焰
我知道自己的生活一團糟
所有痛苦都被細細
織成一條長長的圍巾
包裹在我的身上
我將自己打了死結
而且沒有人願意替我解開

我試著想像

二〇一六年　五月二十三日

——給掐掐

我為你梳下乾涸的毛髮
像是梳理經過彼此間
安靜的時間與流淌的雨水
你安靜像是落雨的夜晚
我沉默像窗外靜謐的湖
我們共用許多事物
例如歷史、語言，或者是
同一個適合酣睡的午後

我有太多問題等待解決
像是生命，像是
我們在同一個屋裡
準備同樣的餐點，無鹽
缺乏調味，配合你的口味
一切都那麼自然
卻從未被我規劃進
人生的待辦事項裡

我們像初生的幼獸
彼此試探彼此的邊界
試圖給予彼此信任
每一次的給予
都是一次微小的冒險
我們在未知的疆域
不知道收穫的是寶物
還是巨大的傷害
我們同時將刀柄交給對方
所有鋭利都對準自己

我試著想像未來
我試著想像未來的我
是否會懷念現在的一切
我試著想像，未來的我
還是每天為你倒一杯水
每天為你準備食物
我試著想像，我獨自一人
坐在窗邊吃一顆削好的梨
一半被我吃下
另外一半埋進土裡
我試著用很長很長的時間
編織細膩的圍巾，覆蓋
我們的現在，試著用很長
很長的現在，輕輕擦拭
和你在一起的每一天
讓它暖暖地亮著，亮著

鐵器

二〇一六年　五月二十八日

像是驟然的暴雨
我聽到鐵器撞擊的聲音
在身體裡不斷誕生
也不斷滅亡。我知道
人是痛苦的容器
歡愉輕易地被篩去
所有詞句在我們眼前
迅速地鋪展、延伸
在無法更動的歷史
蔓延到計劃以外的未來

這些聲音在我體內住下
它們告訴我生活所需
食物、飲水、工作，甚至
是陽光與空氣，以及愛
這些聲音破碎、尖銳
我像是撿拾碎裂的自己
慢慢拼湊與黏貼
然而水從破漏的缺口
緩慢且堅決地離去
陷入沉默且哀傷的逃亡

人是不適合說再見的動物
然而有的時候也許轉身
就是一輩子的距離了
我們都是寂寞的獸類
擁有傷口而活著
我聽到金屬摩挲的尖銳聲響
空氣中瀰漫著火的味道

火焰包圍我、用力敲打我
從此我的本能令人受傷
然而大雨落下，不停地下
使銳利成為鐵鏽的觸覺

我們誕生時都握著
僅剩一半的自己，另外一半
則是鈍器賦予的缺口
在漫長的道路
尋找可能的器物，可能的人
和對方共同打磨彼此
有時損毀，有時滿地鐵屑
有時成為他物的缺口
我又聽到了鐵器碰撞的聲音
細碎、溫柔且帶著痛苦
像驟然的暴雨落下

彷彿再也起不來了

二〇一六年　五月三十一日

我彷彿再也起不來了
再也沒有辦法
準時地按掉鬧鐘
再也無法像以前那樣
快樂地過著生活了

他問我該做些什麼
才能令我開心
我告訴他，什麼都不用做
我是燈芯，他是蠟
待在我身旁
我就能一直燒著

我們説過好多好多的話
這些話都在我們
再也不説話之後被記起
我知道自己住在
深邃的甬道裡
回憶來時我被大水淹沒
只剩回顧記憶的功能

我應該要和他説更多話
我應該要更有自信
要準時起床，盥洗，擦乾
自己因缺少睡眠
而乾涸、龜裂的臉頰
我知道我應該要做這麼多
這麼多應該要做的事
我知道，我統統知道

只是我彷彿再也起不來了
彷彿我真的只是燈芯
燒到只剩餘燼
他經過我的時候靜靜的
什麼都沒有説
彷彿一切痛苦
都只是我給自己的幻覺

忘記

二〇一六年 六月十七日

我每天都在忘記
例如：如何生活
例如愛，或者歌唱
我將生活所需列出清單
起床、盥洗，出門
按照固定的路線工作
將項目逐一刪去

我常常忘記寫下
感動自己的句子，漸漸地忘記
該如何感動自己
我生活，生活像是
一顆堅硬的繭

我在抽絲，不知道有誰
在繭外等著我
我每天忘記，忘記太多事情
例如多愛自己一些
例如要更愛你一點

我知道自己，該寫一些
關於自己的問句
我知道你，知道大雨
在你的身體裡落下
我知道你也時常忘記
該分配一些愛
在自己乾枯的身體裡
我們有那麼多雨水
下在龜裂的傷痕裡
有那麼多故事被忘記
我們的身體裡有閃電降下
將自己分裂成白晝與夜晚
我知道你已經不得不
不得不安靜
將牙關緊緊咬合
像是一鬆懈就會連堅強都忘記

告訴我，當我忘記自己
但還記得你時
當我和你說，一切都是美好的
除了我自己時
告訴我，當你忘了自己
但你仍記得我時
你要告訴我，像我告訴你一般
即使我們都忘了愛自己
在身體裡醞釀風暴
但我們仍記得愛著彼此
將一份風暴平分成兩份
也許成為大雨落下
也許一切都會一起記得
或者也會一起忘記

然而水流過我

二〇一六年　六月二十日

你告訴我，你再也無法
知道什麼是愛了
像是破了的瓶
怎麼裝水也滿不起來
我試著和你說話
和你聊夜空的星星
談論在我身邊閉眼假寐的貓
試著讓你知道
我在嘗試連你的水也帶著
等你補起你的缺口

你說自己知道已經是極限了
我們在同一座森林裡走散
我擁有一場
最真實的夢境
醒來後只剩荒蕪
我像是能聽見草的呼吸
耳中只剩下寂靜的聲音
龐大的嗡鳴聲響起
你告訴我那是幻聽
而我知道，那是水在流動的聲音

我試著讓一切都毫無順序
萬物按自己的意志存在
我試著讓傷心住在我的身體
讓你住在我的心裡
我試著不趕走一切
我試著不讓自己的意志
成為他物的枷鎖
你告訴我，你再也不想要了
你不想要看見這些痛苦

我知道，有時候我閉上眼睛
試著讓水流過我的身體
試著讓自己穿過水流

我試著沉默，試著活著
雨落下來切開我，再將我縫合
我試著直視陽光
在最光亮的地方有巨大的陰影
沒有人知道自己以外的人
所擁有的傷是怎麼回事
我記得自己曾在傷口
塞滿語言、謊言，與痛苦
我試著告訴自己
我再也無法愛了，我知道
一切的知道都只是不知道
然而水流過我
然而哀傷流過我
然而音樂流過我
然而文字流過我
然而我住進它們的身體裡

我也曾是粗糙的金屬

二〇一六年　八月十九日

漸漸忘記
上次傷心是什麼時候了
生活是這樣的
我燒起了火、架起鍋爐
待在裡面，想像自己
像一顆尚未孵育的蛋
我知道自己，也許可以
被孵成音樂的樣子
可以緩慢地行進
沒有誰會在我的背後催促
然而也只是也許

我漸漸地記不起來
自己應該說些什麼
在這種場合。我是指

說什麼都覺得多餘
最多餘的其實是自己
我看過鬧市
車與人擁有同一種秩序
我們同樣是冰冷的鋼
被反覆捶打，彎折
但不淬火，我們是這麼樣地
這麼樣冷冷地看著
這個冷冷的世界

我想不起來上一次哭
是什麼時候了。我知道雨水
從我的衣領流進我的身體
我的心臟鼓動
像一座衰老的風箱
我則像我自己，模仿起
自己該有的模樣
雨水不停地落下，雨水
漸漸地充滿我
將我醃漬起來，不因傷心
而腐壞，不因痛苦
而成為破碎的器物

我也曾是尚未被時間刷洗過
被痛苦淬煉的粗糙的金屬
我記得我也曾被反覆捶打
能夠映照出一切，像是
那些全然展現在我面前的世界
我的污穢是你的污穢
你的惡質是我的惡質
我們展現出相同的痛苦
相仿的惡——我也曾是那麼
那麼地混濁（然而現在
我仍是混濁的靜物
在原地緘默地看著一切
被遺忘所俘虜
不願被傷心綑綁
成為成堆的貨物）
我曾記得這一切
像我曾不記得這一切一般

像是一簇火焰

二〇一六年　八月二十六日

，我漸漸能理解
那些憤怒，像是在水中
靜靜燒著的火焰
看見自己站在原地
止不住地顫抖，彷彿
隨時都會被澆熄一般
我現在逐漸能理解
自己的痛苦，仔細且
細膩地燒著日子
彷彿在燒製精細的陶器一般
靜謐地燃燒著
微小，卻不熄滅

那麼我會變得更好嗎
我不知道，但我想起
自己曾聽過的動人旋律
像是一直聽著
自己就能變得那麼動人
我知道那是不可能的
想我這樣的人們
深諳殘酷的美學，每一步
都是敲打在傷口上的重音
想我這樣的人，擁有巨大的寂寞
像深邃的山谷，極為明白
有些聲音只是自己的回音

我知道自己有的時候
只是和過去的自己對坐著
彼此都不言語，像是
要將彼此看得更透徹一些
說些什麼吧
不如什麼都不說吧

我們是人類，擅於
用謊言建築自己的歷史
那麼不如不說，以為這樣
要來得更真實一點
像藝術，為了活著
但我們卻又無法只有活著

我知道自己面前有一條路
上面燒滿火焰
我必須向前邁進
偶爾懷疑自己是否已經
成為那片火焰在路上盤踞
有時暴雨將至，我在牆邊
看著自己的絕路
猶豫該破牆
還是該離開這面牆
溫柔是痛苦的技藝
像是一簇火焰靜靜地燒
不熄滅，卻也不燒盡一切

格物

二〇一六年　九月一日

我知道你
知道你什麼都害怕
包括被風拉得長長的影子
搖曳得像火焰
彷彿什麼時候
已經在我們的身上
找到了安居的處所
它們靜靜地燒
靜靜地將我焚毀

我知道你偶爾看海
希望就這樣變成海
浪花每打在岸上一次
就是一次的生滅
像是生活。我知道生活

我們的生活是一樣的
總感覺誰都能夠
輕易地殺死我們
我知道你害怕
覺得自己正在墜落
你問我，我會在你最痛苦的時候
給你一個擁抱嗎
還是若無其事地朝你
最柔軟的胸口給予
銳利的貫穿

我知道你，恨不得
成為毀滅一切的火焰
像他們毀滅你那樣毀滅他們
你以為自己
逐漸成為細膩的菌類
讓生活鏽蝕
使痛苦腐朽
我在你面前看著你
像你曾問我的那般問你

這樣子你就滿意了嗎
這座深邃的森林
這樣子就能燒盡了嗎

我們的快樂彷彿來自毀滅
痛苦卻也來自毀滅
有的時候相擁
互相撕咬對方，像真正的獸
我知道你害怕成為獸
但抱著害怕只能成為獸
你什麼都怕
怕成為不見底的海水
怕成為焚盡一切的火焰
恐懼風，恐懼影子
恐懼所有銳利的語言
逃避所有虛假的謊言
抱著恐懼，只能擁有恐懼
你害怕一切，你害怕的
是害怕這一切的自己

我在離你特別遠的地方

二〇一六年　九月八日

我在離你特別遠的地方
做些離你很遠的事
寫信給你，拍些照片
暗自決定未來
要和你一起到這邊
買了好多禮物給你
雖然有的時候
帶回去之後就放進櫃子裡
再也沒拿出來過

我在的這邊下雨了
你說你那邊也正下著雨
我將燈打開
又把燈關上
以為在燈光明滅時
會看見你的殘影
我會有種錯覺
你在影子裡特別地明顯
我們都在雨裡
在水的幻覺裡
我們都特別清晰
看起來特別真實

我以為自己離你特別近
但有時候太近
舉起手卻穿過你
穿過遠遠的霧
穿過綿密的雨

你是特別沉默的語言
我還在寫難以下筆的信
這個街上人好多
來來往往地經過我
沒有誰穿過我

有的時候以為
碰得到你是近的
看不見你是遠的
後來發現距離是曖昧的謊言
有些人就在眼前
也遠得像是在另一個世界
有些人離得好遠好遠
卻也像是近得就在眼前
我還在雨裡
在燈光明滅裡
看你，也看著自己

控制

二〇一六年　九月十八日

我沿著陰影的縫線
將語言埋進身體裡
需要的時候
就丟一些出來
例如痛苦、疲倦
以及無法言說的傷心
讓它們變成字之後
我會變得好一些

我會變得好一些嗎
像你說的那樣
我知道自己沒有形狀
別人說我是什麼
我就會變成什麼
我不知道自己是什麼
但你知道
你說我是下流的玩具
我就真的成為
下流的玩具被你擺佈

你要我把那些字
縫在掌心，握緊不放
我知道這是不對的
我知道握緊時他們是影子
鬆開時流出的都是人生
卻將這些字握得緊緊的
沒有一個字
從指縫中逃跑，流逝
沒有任何一個字
被輕易地釋放，除了愛

愛是傷人的隱喻
你不斷重複提到愛的可能
那些可能最後卻都變成我
無法修復的傷痕
後來我不輕易地說愛了
那些隱喻最後都變成雪
厚厚一層覆蓋在我身上
你要我成為什麼
我就真的成為了什麼

我知道自己應該像棵樹

二〇一六年　十月十八日

我知道說再多
也不如像樹
安靜地在太陽下睡
或者死
死得像一棵樹
一半的葉落
一半的葉枯黃
仍安靜地站著

我不擅長説話
每句話都像
刻在心上的刀
他將自己的陰影
拿出來和我交換
我們一起哭了
分不清哪邊落下的雨
更多一些
更少一點

我知道再多的陽光
也不一定能照進
深邃的海底
一個人
累積足夠的眼淚
也能夠遮蔽光線
擁抱巨大的黑暗之心

知道在夜晚
黑暗正開始覆蓋一切
黑暗正在遮蔽
所有能見的事物
包括歷史、快樂
以及那些在黑暗的心
在黑暗的心啊
誰還愛著在黑暗的我啊

我知道自己應該像棵樹
安靜地站著
一半的葉落下
另一半的葉枯黃
仍在原地安靜地站著
等待陰影退去
但我已經找不回
沒有陰影的自己了

挑揀

二〇一六年　十一月五日

「早就知道，愛這東西，是永遠沒有回報的。
……沒有什麼東西，在失去的時候，比愛更加痛徹心扉。」
——《蟲奉行》．戀川春菊

沒有什麼
比這更糟的了
像是命運
在我們面前陳列
每個人都試圖揀選
那些漂亮的
快樂的，完好
且從未受過傷的
像一顆鮮豔的
蘋果，安靜地
等待摘採

沒有什麼比這
還要痛苦的了
我知道就像弦樂器
琴弦發出聲音時
也會有一瞬間
是乾澀且
在一切音色的中間
無法給予世界
也無法收回的音

我知道每個人
都是任性的孩子
只做自己想做的事
我知道有時候
我也是那些被陳列的命運
知道有的時候

流淚就成為海
痛苦就變成鹽
找不到岸
就自己變成岸

我像是岸邊的樹
海風將我吹得鏽了
我要你給我一個名字
你支支吾吾
說不出任何話
愛是最好的名字
有時卻也是
最荒蕪的一個字
最虛無的結局

有缺

二〇一六年　十一月十五日

「你問我是否也曾鋭利／我輕輕地攤平自己
要你用力地將我劃開／仔細地將我湊齊」
——〈鋭利〉

我又到了這裡
將月的光線取一些下來
蓋在自己的身上
將黑暗的影子
放在一旁，讓我隨時
可以擁抱巨大的黑暗
我巨大的黑暗之心
告訴我抱緊自己的沉默
安靜地看著這些
曾令我傷心的地方

有些話不再適合說了
有些不適合的話
說起來痛但也必須說
有些影子太重
有些事，被霧藏起
最後留下的
都是過於現實的謊言
有些人將傷口
縫在霾的背面
以為這樣好得更快一些
以為這樣，自己說的謊
就連自己也能夠騙過

我還是在這裡
看著曾經堅硬又冰冷
荒蕪的自己
身上長出陰影
我讓自己成為鈍器
死去的那些部份都被我
一一地磨去
我將自己磨得
再也不能更尖銳
我看著這些
曾令我傷心的地方
以為自己再也無法
變得更完整一些

謊

二〇一六年　十一月十五日

漸漸不喜歡
過於複雜的事物
例如謊言
謊言是一種語言
譬如我說恨你
你就相信我真的恨你
我說我討厭你
你也跟著討厭起我
我叫你走
你就真的走遠

你走得好遠
像是已經走到
我的生命之外
我漸漸不說話了
安靜地躺下
想像自己躺成一座島
蟲鳥在我的身上
呼吸、歌唱，一切
在我身體中運行
有天體牽引我
我覺得自己離你好遠
好遠，像是在
宇宙外孤獨地漂流

我不喜歡你了
這是謊言
我討厭你
這也是謊言
你別再煩我了

這仍是謊言
我們說了這麼多謊
埋在我們的生命裡
將心餵給它們
長出的卻都是謊
每天都摘下一顆果實
每天都要剝下那些
虛假的刺，取出柔軟的芯

我像是鳥
從遠方飛來
討厭複雜的自己
練習如何用最短的
一次撲翅
飛到最遠的遠方
我討厭繁複的事物
我要自己愛就說愛
我要看著你
告訴你快樂時

就說快樂
喜歡的時候
就說喜歡
我熟練地揀起那些
散落在地面的種子
和你分享喜悅
我知道語言是為了
保護好自己而成立的
我知道謊言是為了
將真實的自己藏起來
我知道這些赤裸
是容易受傷的
我知道這些謊
有時再赤裸不過
像我的愛，直接
卻又如此粗糙

我並不想要恨誰

二〇一六年　十二月二日

我並不想要恨誰
但懂得愛最快的方法
就是知道什麼是恨

我懂得痛苦
是因為我曾經擁有過
一顆不痛苦的心

我不是故意的
但一切都朝著毀滅走去
例如，那些：

我曾經在著的歷史
像是那些我愛的故事
最後都成為悲劇

我聽著音樂
流淚像是融化的雪
變成河流向下流動

我喜歡的書
裡面的字最後都成為刺
每一根刺都變成我

我最大的心魔
是我所擁有的愛
遠遠比恨要來得少

我愛的那些事物
都變成影子
長成另外的故事

我並不想要恨誰
我所愛的那些事物
告訴我愛更艱難

我愛過的那些悲劇
最後都成為我
巨大的陰影籠罩這黑暗的城市

我看著曾愛的事物
一一地毀滅，枯萎，或者凋零
我將我自己推到谷底

我並不想要恨誰
我懂得恨也艱難
我只恨自己誰也不恨

比海還深的地方

二〇一七年 一月四日

他們在雲裡
學習語言的用法
學會形容詞後
在不同的詞彙裡
尋找對方的模樣
逐漸每個人都擅長
形容他人，替人分類
像是替所有物
決定用處
有什麼是我們無法知道的
或者說，有些什麼
是我們可以知道的

我們應該了解
自己是最破碎的海
有時候對著鏡子齜牙裂嘴
看看十年後的自己
和十年前的自己
哪一個更完整一些
我在最荒蕪的廢墟裡
找到的自己
和他人給予我的模樣
沒有半點相似

像是午後
我們搭乘同樣的列車
它微微地晃著
陽光從窗外灑進
照著你的身體
偶爾也照到了我
像是所有語言
都在此刻消失，所有

我知道的事物都成為化石
我才明白
我像是空蕩的山谷
反射出所有回音
但沒有任何我在裡面

偶爾想像自己在
比海還要深的地方
一片漆黑
像是掌握巨大的黑暗
我知道自己
應該更安靜些
應該更像海，冷冷地
冷冷地看著事物
走過時間的模樣
而我知道自己是做不到的

我知道這些
比海還要更深的地方

並不帶有任何情緒
看著我，告訴我
時間是最殘忍的存在
我們對自己撒謊
告訴自己
沒有關係，會過去的
我們給予自己暴力
告訴自己
我們能夠更銳利
更堅硬，像是一把
沒有柄的刀刃
誰都無法握住
和影子躺在一起
就像真正的影子

我知道，沒有什麼地方
比人心更深邃了
你的心，多美麗的一顆心
多可怕，這些美麗

像是雨水落入海中
我看見這些雨水
打進我的身體
知道自己也曾是雨水
一切更像是詰問
例如：誰更懂得快樂
誰更懂得荒蕪
知道自己也曾
被沉默的語言篩選
我知道沒有什麼
比自己的痛苦
更難以被理解
我們所記憶的歷史
被留在比海更深的地方
我想像自己又到了那裡
將自己溫柔地攤開
仔細地將曾經的暴力
一點一點地收起

122

123

輯貳

好Der，所以你要來我家看貓嗎

二〇一五年　九月二十九日

致我最愛的你：

即使我們才剛認識三天
但若要我談起你
那必是像我舌尖上
一個親密且細微的顫音
像語言，複雜且又溫柔地
探知所有可能的誤區
我養了一隻貓，他很像你
充滿防備，卻又黏人

我們在人群裡相識
相知如一對契合的玉石
我和你談論了這麼多
又這麼多天氣之類
景色之類，電影的劇情之類
即使我不知道你
但我卻又相信我知道你
我們相約路跑、相約讀書
試探彼此真理的敏感處
我們像探戈的舞者
安靜地跳最後一支舞
最後再安靜地
安靜地給彼此感受餘韻

他們說任何的感情
都擁有昇華的可能
那麼那些曾陰暗的過去
是否也可能光明
我知道自己寂寞也孤單

像一隻褪色的獸
我沒有什麼意思，只是想告訴你
不用再一個人寂寞了
負負也許真的會得正也不一定
我們也許約出來走走
最後累了也可相擁而眠
彼此睡了彼此就擁有雙份的溫暖

我是真的很喜歡你
是真的很想讓你來我家裡
看看我的貓，看看我
也看看你是否真如他一般
小心翼翼卻期待被撫摸
期待赤裸對誰
而對方也赤裸對你
我和你無所不談，談得既深
且又溫軟如羊水的包覆
我是真的真的，很想更了解你
也很想讓你了解我

所以，說了這麼多
這麼多溫柔且甜蜜如
蜂房般細微且精密的話
我仍要再一次問你
用細微且親密的舌尖顫音問你
好Der，所以、所以你
所以你要來我家看貓嗎？

我也有一個阿嬤

二〇一五年 十二月二十八日

我也有一個
會去宮廟拜拜的阿嬤
會在神明面前
觸摸那些規則的形狀
替神明說話的阿嬤

阿嬤和我說
魚都住在糞水裡
我們每天吃的這些魚
會化作更原始
更根本的天體

在我們體內旋繞
我們都是
吃廢棄物長大的
垃圾要有垃圾的自覺
他一邊說一邊將魚翻面
我在那顆混濁的魚眼
看見未來
我和阿嬤說：「一片渾濁
死去的魚，入腹後
成為更大的一片海
然而海也是混濁的」

我知道我曾有一個阿嬤
到死都被棄捨
他說自己是仙姑
上知五百年過去，下知
五百年後誰又成為了偉人

我的阿嬤告訴我
命運是直直地刺入
每個人的生命的
他揮舞著神的諭示
——也許他也曾痛苦吧
我知道不好
知道一切都是神的玩笑
知道無明處就像魚眼
死一般的混濁

我知道自己有過一個阿嬤
會笑著和我說
這些發臭的生命
你要一一吃下去，成為
更嶄新的他們
不然老天爺也不會放過你

這一夜，我們不談傷心的事

二〇一六年　一月十五日

「如果天黑之前來得及，我要忘了你的眼睛。」
——〈南山南〉，馬頔

這一夜，我們不談傷心的事
忘記自己的名字
忘記自己來自何方
忘記野草會開遍整座荒蕪的山丘
忘記野火會燒盡海風輕撫的島嶼
忘記自己究竟為誰
為誰痛苦，為誰落淚

我想問問你的正義
問問我們之間知道的正義

是否是一樣的
是否像港口的鐵一般
充滿鏽蝕的痕跡
你的正義裡有自己嗎
你的正義裡有我嗎
你的正義裡有各種必然的複雜嗎
還是你的正義
只有交叉外的那一點
我想問問在你的世界裡
除了你自己之外
還有人與你一同行進嗎

我們說好不談傷心的事
所以我不談痛苦
我不談你認識的那個世界
也不談我面對的這個世界
我想和你談談
我們之間所有年輕的生命
是否只能面對仇恨與毀滅

像是自火中走來
我們是乾燥的柴禾
一點一點地燒
一點一點地壞
我說好不和你談傷心的事
但我太傷心了，只能聊聊這些
讓我們傷心的故事

我總想和你談談，談我們的身份
談我們到底是誰，我們
能夠輕易地被劃分嗎，也許
輕易地就像是分出你和我
分出你的顏色、你的語言
將你輕易地歸類
歸類後我們無話可說

我們都該忘記彼此是誰
你也許是一片野草
而我或許是一把野火
這一夜，我們不談傷心的事
我要忘了你，在一切還來得及以前
我要記得自己是誰，記得
自己要忘了你，在你說出那些
沒有用的廢話以前忘了你

懂得笑就不會恨了

二〇一六年　二月二十七日

「懂得笑就不會恨了。」
——邱璨寬

他們來過
帶走一些東西
留下一些缺口
我問他們拿走了什麼
他們看著樹林說
時候到了
你就知道了

時候到了
我知道他們拿走了風景
做成一片片壁畫

掛在潔白的牆上
說這是最美的景色
我知道他們挖走了山壁
做成一張張照片
貼在紀念的相冊裡
說這是最壯闊的山色
我知道他們獵殺了動物
將剩下的幾隻集中管理
說這是為了牠們好
要我們仔細看著
記住牠們有多麼神秘
稀少，以及珍貴
像我們一樣。

所以這一切
也是為了我們好嗎
你和我
都是穿著衣服的野獸嗎
你們要教育我們嗎

有些人告訴我們
教育是給予痛苦
你們要給予我們痛苦嗎
你們還要帶走一些什麼嗎
你們還要強調我們嗎
你們留下痛苦
要我們學會原諒
我也想給誰留下傷害
微笑著說
那是為了讓你學會堅強

有人說懂得笑就不會恨了
我只能微笑看他
像被製成的標本
時間爬滿我們的身軀
只有老去與死亡是公平的
但我仍想問他
用我僵硬的微笑問他
你一定沒有真的恨過吧

但你並不愛任何一人

二〇一六年　三月十日

"I know words, I have the best words."
——唐納．川普（對，是那個川普）

我記得火焰是從這裡
沿著金黃色的麥子，河邊的作物
循著痛苦靜謐地進行侵略
我記得一切都曾有過預言
你說要走到最深邃
最黑暗的地方去等待
一切都終結的那一刻

我記得洪水是從那裡
從山脈的背脊走下來
像時間一般地刷洗萬物
「比起創造，還是破壞
來得更省事，不是嗎？」
你這麼說，手指輕撫過
地圖上模糊的稜線
你喜歡掌握一切
以為自己是神，為自己加冕

我記得你，你和旁人並無不同
你說要記得一切細節
但我們有多少恨能夠被陳述
我們有多少傷痕能夠被記得
任何事物都有裂痕
任何事物都有縫隙
我在黑暗裡看見火光
從遠方照進，那是痛苦
你燒毀的一切是恐懼
你擁有恐懼
你選擇成為恐懼。

其實我是記得一切的。
記得火焰，記得洪水，
也記得你。
你擁有一切。你覺得那是好的。
你選擇憎恨。你覺得那是好的。
你選擇謊言。你覺得那是好的。
你選擇痛苦。你覺得那是好的。
你選擇傷害。你覺得那是好的。
你選擇恐懼。你覺得那是好的。
你選擇戰亂。你覺得那是好的。
你希望被愛。但你並不愛任何一人。

寶寶訣別書

二〇一六年　四月十二日

捨去莊嚴的自己
在每個公開場合上
賣不存在的萌
用各種第三人稱談論自己
像是與自己拉開距離
用一些看起來流行的詞彙
稱呼自己鄉民
彼此招呼，問對方
有沒有 30cm，沒有
也沒關係，畢竟
那些曖昧也都是假的
但什麼又是真的
悲哀是真的嗎
那淚假得夠真嗎
我試圖和你表示親近

所以和自己拉開距離
本寶寶——
我是說嚇死本寶寶了
那些不堪入目的
即使我多麼熟稔
也該當作從未見過
我開心地稱自己寶寶
彷彿自己就真的是個寶寶
本寶寶覺得開心
就要跳舞，跳得像個寶寶
我覺得那些親們
都已經過時了，像古老
長滿塵埃的文物
我們的交際往來，是不是
還需要一點額外的證明
是不是還要多買一些
我喊你親，彷彿喊久了
你就真的是我的親
知道麼，親，每次每次

我和你說些快樂的
都是把哀傷留給自己
寶寶做任何事情都要像個寶寶
寶寶心裡苦，心裡苦哇
可是寶寶不說
寶寶不說你懂嗎
即使我說了這麼多
這麼多，一切都是謊稱
寶寶只是想和你說
——嚇死寶寶了
老闆跳十年的樓還沒跳完
持續跳樓為親保留
各種優惠各種折扣各種贈品
眾親們別錯過
寶寶為你們包郵，為你們
嚇死更多寶寶
只為了看你們如何入土
如何成為文物
又如何被人成為包郵的贈品

然後他就死掉了

二〇一六年　四月十四日

「我們要趕快討論瞭解狀況，
然後他就死掉了。」
——羅瑩雪，2016

然後他就死掉了
死得不能再死
我故意輸入超長的指令
/target ______
/cast 復活術
/y「迷途的勇士啊
快點復活
像英勇的戰士般對我高喊
為你而戰！我的女士！」

註：
/target、/cast、/y，
皆為魔獸世界遊戲指令
「為你而戰！我的女士！」
為魔獸世界 NPC 台詞。
東握湖大火球、Debuff 等等，
反正你看不懂的哏幾乎都來自魔獸世界。

我開始倒數計時
這樣在咎責的時候
我就能說是他死得太深
太透，透明得像是
稀薄的靈魂
——等等，他是否
已經按下釋放靈魂
只剩一具空殼

他也許已經在跑魂了
也許正在回來的路上
也許在副本裡
轉錯某一個彎，正等待
像個經典的路痴
像是我的邏輯
不管怎麼寫下新的巨集
都會出現 Error

然後他就死掉了
所以我就停止施法了
我不敢說
在他被上 Debuff 時
還是有救的，像我們
我們都還有救
我看到我延遲兩千毫秒
我的復活術像是東握湖大火球
然後他就在我眼前死掉了
既然他已經死掉了
那我也不用再繼續詠唱了
既然他已經死掉了
那我想我也無事可做了

然後他就死掉了（二）

二〇一六年　四月十四日

「我們要趕快討論瞭解狀況，
然後他就死掉了。」
——羅瑩雪，2016

他像隕石般撞擊地表
揚起的煙塵越來越多
越來越
像是他的形狀
他磨著刀，像是磨礪自己
將夜色磨得
像是能斬斷一切
包括自己

有人在遠方喊他的名字
那些聲音像水
灌進他的耳朵
讓世界離他遙遠
覺得自己彷彿離自己
更近了一些
更相似，更像
靜謐的湖中滴落的一滴水

那一滴水落下
他以為自己是火
輕易地將夜色剝下
一切的語言都被轉述
翻譯之外，做出更多的翻譯
像是轉動的車輪
一切都在隱喻：譬如獸類
只會獸類的語言
他模仿鳥類的叫聲
彷彿這樣就不再是獸

他希望自己成為灰燼
他希望自己是風
他希望自己成為死亡
他希望自己還能成為雨水
打進他人的耳朵
每夜每夜他磨著刀
將自己磨得越來越利
每夜每夜他頹喪
越來越薄、越來越透明
每夜每夜他呼吸
更接近大氣，更靠近謊言
然後他就死掉了
死得不能再死
活也無法再活

冕下

二〇一六年　四月三十日

我在思考，有多少種謊言
可以陳述一個人的死亡
我必須向您坦承
——關於活著
我有太多種結束的方式
包括在內心判下他者的死刑
冕下，我必須向您承認
您的信仰是我的火焰
點燃我所有不堪的惡夢
冕下，您要理解——
並非所有不信者皆是異端

宇宙並非只有您是起源
我相信這一切的源頭
來自於虛無的爆炸
我們正學習擴張，這是自然
本能引導我們要朝更邊界前進
而我是如此混沌且未明
一切疆界的迷霧都在遠處
沸騰，或者更像靜止
我該像獸類一般表現自己的野性嗎
我該像獸類一般
讓原始慾望牽著我與另一隻獸交合嗎

您告訴我這一切都是假的
我執起的筆，穿上的華服
甚至有神寄宿的器物
您最原始的信仰，包括您自己
通通都是細微的堆積
萬物皆是細小的蟲
悄悄地匯聚成我們的模樣

——一切盡歸虛無

冕下，您在謊言中埋下真理
在真理的暗袋中縫進謊言
這些一切，就是您要的嗎
這些一切的一切，就是您最深的哀愁嗎

像是所有的哀傷都化為積雪
所有的痛苦都化為岸邊的鹽
我該理解痛苦嗎
我該理解是否真有一簇火焰
比它自己更像自己
我是否該理解風的吹拂
所有撫摸都源自於低沉的山谷
所有仿擬都是自然的脈動
我們究竟該如何誠實面對自己的信仰
像您面對您自己一般
您在我面前拔下冠冕，說要退出神壇
冕下，我知道您心裡難過
但您一天到晚地說，我知道，冕下

您也不用離開您的信仰
這個神壇只有您自己一人
永遠不老，永遠不死，就像初生的嬰孩
要我們喊你寶寶，寶寶，莊嚴地
待在只有自己一人的祭台上

狀況

二〇一六年　五月六日

我心理有狀況，對此
你有任何問題想要提問嗎
你提了許多要點
像是鞋從地上的泥濘踩過
每一步都留下一些足跡
你相信自己是善的
相信自己是人的終點

註：粉塵爆炸 (Dust explosion) 指懸浮在封閉或侷限空間中，或戶外環境的可燃粉塵顆粒快速燃燒，如果在封閉環境中，可燃顆粒或侷限在大氣或是氧分子等其他合適的氣體介質中分散濃度足夠高，粉塵爆炸就有可能出現。

我知道人生而皆有命
在巨大的結構下
我們像渺小的嬰孩
每個人伸出手抓住新鮮的語言
替自己命名，像是占卜
隨手捏起草桿
打起繩結，目光透過空洞
彷彿看見已知的命運
與未知的符號在腦海旋繞

你要進入人生嗎，你要
看盡人生的繁華與落盡嗎
成立自己的宗教，創造
自己的法與世界
你要人看著你不存在的創傷
說這是聖痕，你要人
看著受傷的他者，說
他曾說你是偉大的聖者

你相信命運嗎，你相信
自己被時間賦予一種特權
預言他人的老
與你的老是同樣的老
我們是粉塵，不分色彩
不分老少，雨水刷洗我們
火燄點燃我們，只要一點
再多一點刺激
野火就會燒盡一切原野
成為無根的火焰
爆炸的聲響從遠方響起
然而一切已經再無懸念
盡歸命運的塵土

傲慢

二〇一六年　五月二十四日

文學要寫給懂文學的人
物理要做給懂物理的人
數學要算給懂數學的人
畫畫要畫給懂畫畫的人
音樂要奏給懂音樂的人
愛要留給懂愛的人
恨也要留給會恨的人
自然不為懂自然的人而生
更常因為理解而被迫滅亡
動物會因為人類的惡意死亡

人並非為了另一個人誕生
真理也並非為服膺真理而存在
死亡並非為死亡服務
生命也並非為生命而延續
夜裡有一滴水滑落
滴到岩石上然而它不為誰
而落下、而乾涸

那一天沒有死人

二〇一六年　六月四日

在所有聲音都消失的夜晚
我們細細追索歷史
詳細地檢視自己
被他人所安排的過去與未來
人類，是的，我在和你談
所謂的人類——包括我
犯下傲慢的罪，以為
自己所做的一切都是正確的
以為自己是純粹的
包括語言的晦澀都是純然的

我以為我們正在嘗試宰制
一切可見與不可見的
誰曾為時間做下註解：「誰
掌握過去，就掌握未來」
以為掌握現在就能掌控過去
然而現在不過也只是未來的歷史[1]
所以我們，活在現在的我們
是否對一切感到疑惑
像是初生的嬰孩
對世界感到好奇，試著觸摸
試著吞嚥所有隱蔽的苦痛

[1] 喬治歐威爾：「誰掌握了過去，誰就掌握未來。誰掌握了現在，誰就掌握過去。」

我們試著去接觸老人
將他的故事當作自己的來聽
一群年輕人從我們身後走過
他們的喧鬧仿若我們的喧鬧
我們將門窗關緊
害怕有影子流進屋內
將我們的痛苦帶出屋外
門外有槍聲，有喝斥
我聽到聲音從門縫流進屋裏
他們說為了理想、為了正義
為了社會、為了未來
你就去死吧。你就靜靜地死去吧

我在屋內，但我什麼都知道
我因為恐懼關上門，告訴自己
什麼都別說，什麼都別觸碰

是最安全的，像是在夏日
每一塊在烈日下的岩石都滾燙
而我知道，而我，當然知道
我知道廣場上有一排死去的屍體
他們在那兒，被烈日曬著
靈魂被蒸發到天上，像是他們
從未存在過一般
好多人從這邊離去
好多人賣掉了自己的田地
賣掉了自己的房子
躲到遠遠的地方去，詢問還在的人們
你們為何不離去，還要在那
沉默地接受沉默的死亡

有些人和我說，我出生時
發生了好多事情
風傳來訊息說有種族在遠方滅絕
有些商人開始販售文化
國家與國家之間斷絕聯繫

在我出生的這一天
有好多好多人死去
有些人將這些事當作故事
有些人將這些事
當作不可觸碰的禁忌
在這一年，發生了好多事情
戰爭的工具突破了戰爭的疆界
我們確定那些工具
不僅是戰爭的，也是死亡的
在烈日下，滾燙的石路上
有人被坦克輾過，有人
有人將要被坦克輾過
有人已經被坦克輾過
有人說那一年死了很多人
我當然知道，我說，哪天不死人
但他們說有的，當然有的
那一年有一天沒有死任何人

美好世界

二〇一六年　七月七日

世界是很美好的
我們只缺一個
真正的慈善團體
和幾把防身的武器
我們必然要承認
他人的惡意
和自然是同等的存在
像風吹過，像雨落下
沒有任何原因

有些人為了保護世界
在自己家裡
點開模擬市民
先毀滅整個世界
再造一個自己喜歡的樂園
納粹也愛這個世界
愛自己的世界
他們打造毒氣室
建造集中營，確實地減少
那些沒有價值的人
那些俗不可耐的人
那些譁眾取寵的人

我知道世界是很美好的
大家替人貼上標籤
建造更美好的世界
罪犯和罪犯最後走在一起
同性戀和同性戀走在一起
政治犯和政治犯走在一起
猶太人和猶太人走在一起

外來移民和外來移民一起[1]
我知道他們
懷抱著偉大的夢想
但是做的都是殘忍的事

我知道世界是美好的
即使傳統並非都是值得捍衛的
我知道這世界有這麼多
美好的惡意，他們閃閃發亮
像是美學因此而生
我知道世界是美好的
即使有一些人
懷抱著惡意度日，對著假想敵
按下自己攻擊的按鈕
我知道世界是美好的
有一些人說我愛這個環境
但他正在破壞這個環境
世界並不存在美好或者不美好
我知道，世界美不美好

[1] 納粹集中營內被集中管理的人以囚服分別身份，分別為「普通罪犯」、「同性戀」、「政治犯」、「猶太人」、「外來移民」。

都只是某些人的藉口
他們說著我這一切都是為你好
握緊你咽喉的手卻不斷用力
不斷用力像他的惡意
正閃著幽微的光亮，就像美好的世界

假的

二〇一六年　七月九日

你早上到廚房
喝了杯水，覺得自己
有那麼點像魚
掙扎著起床，每天
在生活裡轉身
知道有些什麼是假的
例如早餐店老闆娘
喊你一聲帥哥
你該知道那的確
就是假的，假得不能再假
但你懷疑自己
感覺那真到不能再真

你知道沒有什麼是真的
例如痛苦，時間過去
他會被縫補嗎，會像大地
被雨水填滿後萌生新芽嗎
我現在愛過的人
以後我也會愛著嗎
我知道一切，都假得可笑
鄰居走下來和我道早
他的笑容是真的嗎
你知道自己的知道
其實也是假的
沒有什麼是真的

我知道我活著
就有業障，像是我每天
發一個噗，累積我的卡馬
隔壁棚的神說
人背負著原罪
我每天走到便利商店

累積我購物的點數
思考再有幾點
我可以換一個保鮮盒
裝滿我的罪孽
你說這世間沒有任何事物
是真實的，應該要質疑一切
你告訴我，我眼睛的業障太重
看什麼都是假的
包括你也是假的

我買統一布丁，他是真的嗎
買雷神巧克力多送一張貼紙
我會多買一片嗎
我知道這些是假的
但我是真的嗎
我擁有真正的生命嗎
我逛網拍，買 PChome
博客來放的精品推薦
是我真正想要的嗎

我不知道什麼是真的
什麼是假的
記憶也許是假的
我看不見什麼是真的
過去的每一段感情
也許也都是假的
包括我，也全是假的
我業障太重，但業障
是真的還是假的
每天每天我都背負更多業障
我更假了一些
但業障卻都是真的

幻想中的寫詩指南

二〇一六年　七月十日

首先你得像傳統
意義上的文青們一般
看一些書，不用全部看完
能說得出作者、
主角，或者是核心術語
其中之一就夠了
手邊最好放著一本字典
用一些冷僻的詞彙
假裝自己是有知識的
有人問你的時候
就跟他說詩是神聖的

[1] 芹澤，漫畫《拉麵王》中的角色，相關故事請自行查找。

不可直稱其名
不可妄自揣測
你自詡殉道者，所有
庸俗的都是對你的挑戰

記住要製造一點垃圾
看著人們吃你做的垃圾食物
隨後發表感想
說不知道為什麼這麼多人
喜歡這種垃圾
覺得沒有人欣賞你
以為自己是芹澤[1]
有種高逼格的快感
但你寫得也沒有那麼好
說某些話時，要斷句
產生一種意義上猶疑的感覺
你以為自己朝著神聖
殿堂的方向前進
卻總把其他人踩在身下

當你衛道的戰果
你說詩，什麼是好
什麼是壞呢？同一種語言
其實都是豬肉
熟的是好的
不熟的怎麼都不好

要記得偶爾質疑前輩
例如前輩說，年輕人寫的詩
都面貌模糊（有多糊，
是被硫酸潑過嗎？）
但是你偶爾做個小小警總
是可以被允許的
前輩們有資源，而你沒有
偶爾煮碗拉麵，吸幾口麵條
甩著筷子對別人下指導棋
你寫的不是詩
你寫的太不詩

你寫的是散文
你寫的是腦筋急轉彎
你笑笑，覺得今天自己
又維護了詩壇的和平
喝完碗中最後一口湯
覺得自己滿足
像是小鎮村又度過了
和平的一天（一把武器
用途決定於握著的人
飛天小女警也是）

記得偶爾做個表面的好人
不用太好，偶爾關心
一下社會新聞，轉貼就好
也不用發表意見
覺得自己是善良的
你殺掉的人也一定是邪惡的
有些人自殺，你不用在意
你只是在寫詩

試著寫更好的詩
你試著在陽光的縫隙裡
埋下隱喻，在陰影的背面
縫好虛構的故事
偶爾靠北一下主流文化
覺得自己才是偉大的
偶爾寫一些人話
覺得自己更偉大了一些
還有一點你要記得
更堅決否定自己是個詩人
但是各種場合的稱謂
都要填上詩人，這樣子
你就更偉大了一點
和那些庸俗的人們更不一樣了
你有無敵的心
有偉大的語言
但你再也說不出人話

請你告訴我

二〇一六年　七月二十日

請你告訴我，要說多少話
才能確實描述心的形狀
要習得多少知識
才能夠用適當的比喻
建出一個符合所有人想像
像水一般，匯聚起來的一座湖
痛苦在裡面，然而你
然而你在痛苦裡面
你知道自己流動越來越慢
逐漸停滯，漸漸蒸發

請你告訴我，你有多少
不願提起的過去，像容易
受驚的雛鳥一般，藏匿在
茂密的枝枒中等待嚴寒
緩慢地步向死亡
請你告訴我，那些過去
是什麼樣子的形狀
你曾在裡面，感受到喜悅嗎
或者是輕易地
感受到自己的感情被傷害

請你告訴我，你還剩下多少
可以恣意浪費的時間
在一個午後，不為誰而努力
也不為自己而奔走
所有聲音沉到湖面下
最深最底的地方
你留了一些字在那邊
但沒有光線，沒有你
當然也沒有我。即使我們
我們都知道這些字
再也沒有人會去讀它

請你告訴我，你擁有多少的
痛苦，無數的生命
在一瞬間成為你的俘虜
彷彿所有曾受過的傷
都長成巨大的荊棘
你在裡面端坐，靜靜地
默數自己的鼻息，以為自己
正在豢養巨大的快樂
外人自你身旁經過
你便覺得自己正在被傷害
正在被大量的荊棘綑綁

請你告訴我，這是什麼樣
痛苦的時代，與歷史何其相似
我們有更複雜的知識

過著更富裕的生活，我們
不必再與自然戰爭（面臨絕境的
已經不再是人類了）
我們鍛造，錘鍊更多的金屬
聆聽他們的質地，似乎更細膩
也更凝聚了一些，像愛
我們稱這一切都是因為愛
包括那些痛苦，與那些
不合時宜的暴力，與戰爭

請你告訴我，你會因為我而流淚嗎
我想要你告訴我，你會
為了我的死亡而哭泣嗎
我不再執著你，不再
掙扎著要進入水底，朝你伸出手
你輕易地讓我痛苦
也輕易地讓自己受傷
你將我關在門外卻哭著

喊我的名字，卻又離我更遠
請你告訴我，這樣子的我你還愛嗎

請你告訴我，世界告訴了你什麼
是更深邃的顏色嗎
他將你帶到了更遠的地方嗎
請你告訴我，你受傷了嗎
如果是的話，我不會再談了
我不再談這些令你傷心的事
我向你道歉，為所有事情道歉
為你的易感、脆弱，為了
那些與我無關的災害道歉
為你沒有的信仰道歉
也為我沒有的信仰道歉
為你沒有的事物道歉
為我也沒有的事物道歉
我願意為你的一切道歉
我為了我自己向這一切道歉

國家為我做了什麼

二〇一六年　八月五日

有許多事無法問
例如生死，例如萬物
來去有時像虛無
在我們眼前展現他們的肢體
所有的問句都像是
未來的氣候
天晴有時，落雨有時

有許多事不能問
例如國與國之間荒謬的曖昧
我們有時吃了顆梨
不知道他是否連著皮
籽被我們吞進肚中
所有膨脹的語言
都在我們眼前一一長出

有許多事不該問
例如你關上門，說假的
這一定是假的(我們其實知道
法師以外的人也會這麼說)
該切開這薄薄的現實
讓痛苦瀰漫嗎
有這麼多歷史在我們面前
攤平、展示，我們看見了
卻什麼也不做
彷彿這一切都是假的

這一切都是不該問的
例如相忍究竟為了什麼
相忍為運動，但相幹也是
相忍為國，還是為黨
相忍為了誰
誰忍住風像忍住痛苦
誰忍住火不焚燒歷史
誰忍了什麼
我不敢或問
國家為我做了些什麼
因為國家真的沒為我做過什麼[1]

[1] 原句出處已不可考，印象中 2011 年便有看過，但現在找不到，只找到 2013 年於巴哈姆特場外版有發文紀錄。

我們別再吵文組還是理組了

二〇一六年　八月十三日

坐在屋裡，以為自己
在聽時間的腳步聲
像個詩人。我是指
用一些語言
去交換另一些語言
我知道我一無是處
文組出身，每天
努力工作，拼命過活
他人的興趣
就是將我和另一個不存在
但卻連薪水都精確到個位數的理組
放在天秤上，試圖判斷
我們孰輕孰重

我躺在屋裡，工作做完
說不清楚究竟是誰虧欠了誰
我寫一些字，每個字
都死死地躺在那邊
沒有像誰曾說過的那樣
每個文字都會翩翩起舞
我開始盤算
各項生活的收支
能不能讓我付出下個月的房租

有些人告訴我
語言是有神祕力量的
為了有錢你要努力
不能沮喪，絕望是一種犯罪
另一些人告訴我
讀書是為了你自己好
你要賺很多很多錢

還有些人問我
你現在，一個月賺多少
我想起在市場買菜時
自己看著鉤上的肉
問肉販，這個部位一斤
多少？能不能便宜一些
不能？那能不能多秤一點
最後一些人告訴我
我們的競爭力在不斷倒退
抓滿一千隻神奇寶貝
也不能多賺一毛錢
(但你知道，即使不抓
你的明天也不會變成白色的
更有可能的未來是
你不玩，但也並未在做
一些有意義的事)

我應該更安靜一些
應該在某個午後，看雨水
打進屋內，聽見那些聲音
進入我的耳朵內
多儲存一些聲音，免得
需要時我說不出任何言語
我相信萬物之間是流動的
我相信你和我之間
誰有的多一些
另一人就少一些
我相信你並不是故意的
因為你也就只能想到
自己像一塊肉，將自己標價
放在這片市場，看誰買你
像是一隻上進的螃蟹
從兩百元的槽裡
爬到兩千元的槽中

我應該更小心一點
寫了什麼詩，不要馬上貼
然而有的時候這像遊戲
你在意的我無所謂
我珍惜的你不在意
就像那塊肉，誰願意賣
誰願意買，那都是自願的
誰在聽風，誰又在膨風
那都是自己故意這麼做的
我們別再吵文組還是理組了
再吵下去也不能改變
一條魯蛇的命運

歸寧

二〇一六年　九月四日

讓塵歸塵
讓土歸土
讓所有概念
都歸於概念
讓語言
都歸於活著的人
讓文字
都歸於死去的人
讓我寫封信
歸於泥土，歸於
安葬的處所

讓我知道
你說的話，都能夠被歸於
可信的一方
讓你知道
有時候你說的話
都讓我歸於藍色
不熄的火焰
讓這些痛苦
歸屬於更多痛苦
讓人歸於人
不歸於物
讓你的快樂
歸你自己的快樂
別歸我
你看著我
將我歸類
有時候看著你
你和我說
國家歸國家

你歸你

你的痛苦歸痛苦
國家的榮耀歸榮耀
偶爾以為
歸是一把銳利的刀
你歸國子女
我歸你
歸得不能再你
你要政治歸政治
政治只能是政治
我的德智體群美
都歸你
我的文學不能寫字
我的藝術不能有形象
男人是政治
女人也是政治
地理是政治
氣候也是政治
我們的死亡是政治

我們的睡眠是政治
政治歸政治
你不歸政治
也不歸你自己
你歸在家裡
我歸你老師
政治的老師
沒有任何好東西
沒有任何好結果
政治不只是政治
任何事情都會有反應

致歉

二〇一六年　九月二十二日

我熟知午後的雷
知道那些傷害
也許都是暫時的
不像那些火焰
要我在火中取火
要我自己
朝自己最柔軟的傷處
取出自己
輕輕琢磨，細細雕刻
令自己成為最好的自己

他們要我藏好
別讓誰看見
要我安靜地舔舐傷口
像一隻受傷的獸

我應該藏得多深
我藏在樹海
被土壤掩埋
成為他物的養分
這樣夠深了嗎
我將自己沉入海中
到比海還深的地方
到連光線
也無法抵達的地方
這樣夠深了嗎

我離你們足夠遠了嗎
我應該離得多遠才好
比星與星之間
還要來得遙遠
遠到即使我站在你面前
你也看不見我的距離
這樣就夠了嗎
這樣你們

就不會用各種荒謬的言語
去假設我的存在
是多麼輕易就能被摧毀嗎
這其中一定有什麼詛咒
不然你們怎麼能夠
如此摧毀他人
輕易地像是摧毀一窩蟲蟻

我以為自己知道殘忍
我知道自己也擁有
冷酷的學說在生命中運轉
我以為自己是水
任人輕易地穿過我
後來覺得自己是火
嘗試從自己的傷口
取出更柔軟的自己
像是在火中取火
在痛苦中感受痛苦
現在知道

也許自己什麼都是
曾經是水，也能是火
更像一株乾枯的木
被水灌溉，被火燒灼
你們一刀一刀
削下皮與骨
要我成為什麼
我就成為什麼
我每天都是嶄新的人
因為我每天都擁有
更深的傷口，與更新的痛苦
你們甚至要我學習
為自己被削下的皮與骨們
致上最誠摯的歉意
因為這樣才是對自己
最負責任的做法

翻譯

二〇一六年　九月二十七日

你是什麼
是水裡的雲嗎
我們能夠
沒有懷疑地指稱
眼前所見的一切嗎
譬如這一天
完完整整是屬於
我殘忍的一天
譬如這句謊言
有四分之一
是屬於真實的
你是好人嗎

我能夠毫不猶豫地
指著你
說你是一個好人嗎
我看見事物
就能即時翻譯嗎
例如看見英文的句子
或者看到你，確認
你的好壞，像看見
從蘋果內鑽出的蟲子
有的時候
光看見我就知道
這一切都是徒然
像將時間不斷鍛打
成千層的鐵
放入火裡繼續燒著
讓它變得熾熱
易於打造，所有鼓動的心
逐漸冷卻，通明
成為脆弱的琉璃

母豬

二〇一六年　十月二十四日

這些傷是憑空出現的
像是遠方的雲
突然落下雷
像是遠方的落日
燒紅了誰的眼瞼
「誰在遠方如何死
只要是女性
怎麼死都像是
一隻孤絕、被棄置的豬隻」

我知道有些冰冷的炭
是不易燒起的
也許他們的心中
也有陰鬱的潮濕
他們說你是人
就該活成人的樣子
男人有男人的形狀

女人有女人的模樣
然而讓女人
變成男人的形狀
卻又突然
是彼此應該接受的宿命

「母豬說的是
擁有特殊形狀的女性」
但你們持著火把
徹夜尋找
不斷逡巡，看見誰都說
好多母豬，好多
不知羞恥，不懂得
尊重每一顆玻璃睪丸
易碎的權利的母豬

有些人是這樣說的
不穿裙的是母豬
帶著孩子的是母豬

（然而你知道，你也曾是一隻
嗷嗷待哺的小豬嗎）
死在火窟內的小女孩
是熟度適中的烤小母豬
午間的新聞報導
有男子將精液射進水壺裡
結論卻是只有母豬
才懂得洨之醍醐味
不能煮飯的是母豬
不願做愛的是母豬
被偷拍的女學生是母豬
被人強暴的也是母豬
兩個人赴日拍三級片
一個是台灣之光，另一個
卻是台灣的母豬
連小丸子也是母豬
你在一個扁平的世界裡
說所有不愛自己的人
都是母豬

這些荒謬的星宿
在荒謬的歷史中不斷重演
你在語言的最末端
為自己辯解
說這些是虛擬的幻象
沒有人在真實中
維持這種荒謬的假象
（即使我知道
你的真實才是虛構
你的虛擬才是真實）
我看你像看一顆
遠方即將死滅的星
孤絕地活著
希望在死前
能帶著他人一起陪葬
你即將被重力
逼得不斷塌陷
而且沒有人愛你
像你不愛任何人一般

心

二〇一六年　十一月十四日

——兼答愛與恨的各種沉默與喧嘩

萬物都有心嗎
例如黑暗
黑暗有心嗎
我從黑夜裡借一點影子
放進自己的心裡
這樣我可以有
光明的心在一旁嗎

文字有心嗎
我如何相信，那些文字
不是他人隨意拼湊
毫無意義的囈語
我有心嗎
我的心是不是麻木的
我聽音樂
感覺音樂只是有限的
音符組合而成
我看戲劇
感覺戲劇只是一些
假造的人演一些假造的情節
我不相信
除我之外的故事
我認為那些都是假的
只有我才是真的

我們是否可以假設
有一些必然正在發生

有一些偶然
是因為那些心
才能夠成立
我們要梨是梨
要蘋果是蘋果
也要它們
同時並非梨和蘋果
你有心嗎
那些語言內
有你的心嗎
我知道有些事
是語言所無法陳述的
我知道文字
是有極限的
例如愛，最後變成沉默
那些太大聲的
都是仇恨的噪音

註：「要梨是梨／要蘋果是蘋果」原典來自烏青「我挑水果／就挑那些看上去舒服的／蘋果要像蘋果／梨要像梨」。

我們以為自己走過了
漫長的時間
擁有足夠的理智
去談論那些心
那些心，然而那些心
卻都在巨大的陰影下
緊緊抱著自己的黑暗
我黑暗的心啊
我黑暗的你
我知道世界不只有你
知道世界有各種顏色
各種的心
我知道我抱著緊緊的
是各種愛
然而愛與恨擁有的
是同一個心

你來

二〇一六年 十一月十七日

——致十一月十七號立法院前集會的人們

你來，越過圍牆和欄杆
知道這裡有荊棘
那裡有刺。危險的語言
爬滿你纖細的手臂
——你得到疼痛後
才知道恐懼是什麼模樣

我們從身體的顏色
察覺到差異
從彼此的身體
感受到政治
知道彼此之間是有區別的
你來，牽起我的手告訴我
我們之間有分別嗎

你們架起藩籬，在上面
圍滿鐵製的蒺藜
冰冷，又尖銳地刺向
所有與你們不同的人
你們的語言，是被創造的
那些造物的本意
是用來生起仇恨的篝火
與你與我之間的溝渠的嗎
你來，你告訴我
我們的身體
有任何的不同嗎

你們越靠越近，我們
越走越遠，我知道
有一些經典被詮釋成
不同的樣貌，例如愛
被說成恨(反正愛恨
不過是一體兩面)

我們是造物的玩偶嗎
我們是鮮活的血肉嗎
我們什麼都不是嗎
你來，摸著我的胸口
告訴我，雖然我非人母
但我也有顆快速跳動的心嗎
我是否有一顆
和你們不同的心

我一直站在原來的地方
看你們越靠越近
提醒我們什麼是危險
——你們就是
那些危險的禁區與
分別世界光與暗的高牆
你們會痛嗎
你們懂得每一句話
像是霧，平均地灑在
生命中的每一個角落嗎

註一：「你來／且讓我們用同一個身體」出自栩栩〈親愛的法利賽人〉。

註二：沒有什麼比分別更讓人難受。

我看著你們擺開筵席
杯子裡盛滿紅酒
桌上有餅，有魚
你們說這些
都是神的血肉
彷彿我們之間
有無法踰越的距離
你來，閉上眼
忘記那些神的血肉
給予你們的謊言
你來，告訴我
我們受的傷是否不同
流的淚是否虛假
我們之間是否有著
不一樣的身體
如果是這樣，你來
且讓我們用同一個身體

比海還深的地方

宋尚緯

作者　宋尚緯
編輯　許睿珊
發行人　林聖修
美術設計　盧翊軒
出版　啟明出版事業股份有限公司
地址　新竹市民族路27號5樓
電話　03-519-1306
傳真　03-516-7251
網站　http://www.cmp.tw
讀者服務信箱　service@cmp.tw
法律顧問　北辰著作權事務所
印刷　煒揚印刷企業有限公司
總經銷　紅螞蟻圖書有限公司
地址　台北市內湖區舊宗路二段121巷19號
電話　02-2795-3656
傳真　02-2795-4100
中華民國106年3月22日　初版
ISBN　978-986-93383-4-9
定價　395元

國家圖書館出版品預行編目（CIP）資料
比海還深的地方 / 宋尚緯作. -- 初版. -- 新竹市：
啟明，民106.03
面；　公分
ISBN 978-986-93383-4-9(平裝)
851.486　106000929